ST警視廳科學特搜班

紅色調查檔案

目次

ST警視廳科學特搜班——紅色調查檔案

1

早上起床，武藤嘉和感到莫名的倦怠。

時序已進入二月，忽冷忽熱的天氣持續了好一陣子，有時才剛覺得暖洋洋的好像春天到了，第二天寒流就來襲，頓時又被打回隆冬。

昨晚和公司的一群部下去喝酒，很久沒喝這麼多了。心想大概是宿醉，開了瓶解酒液來喝，入喉時的感覺怪怪的，而且身體還發冷。一量體溫，超過三十八度。

今年的流行性感冒比往年厲害，公司裡也有好幾個人中鏢，戴著口罩咳個不停。

雖然已經小心避免傳染了，但昨晚不小心喝太多，沒漱口就睡著了。

這陣子很容易累，體力大不如以往。一知道發燒超過三十八度，就開始感覺到典型流感的症狀：渾身發熱、關節疼痛、身體異常倦怠、噁心想吐，不過胃部的不適，可能是因為宿醉的關係。

實在不想上班。但又不能請假。

武藤在OA器材廠商當業務。受到不景氣的影響，公司業績不振，只好裁員減輕負擔，咬牙苦撐。

武藤熬過那次的裁員風暴殘存下來，好不容易爬到課長這個位子，但若是一個鬆懈，隨時都有可能被裁員。公司的業績依然沒有起色，請誰走路都不足為奇。

武藤對著在廚房準備早餐的妻子真紀說：「我好像感冒了。」

妻子皺起眉頭：「流感？」

「可能吧。」

「發燒了嗎？」

「三十八度多。」

「要請假嗎？」

「沒辦法。」

「別傳染給敦敦喔。」

這才是妻子最擔心的，武藤的身體是其次。

獨生子敦才剛滿一歲，做母親的當然會擔心寶寶被傳染。

可是，好歹也關心我一下啊。

武藤心中暗自埋怨。

與妻子之間的不和已經有好一陣子了，妻子不滿他把帶孩子的事全都推給她。武藤也想幫忙，但心有餘而力不足。工作忙，又才買了新房子，為了付貸款，也為了賺孩子的奶粉錢，他不能被公司開除。

武藤在公司得要面對激烈的競爭，若是輸了，就等著被裁員，這一點妻子應該也能理解。但是理解是一回事，感受又是另一回事，內心的不滿情緒不斷累積著。武藤一早心情就很差，不僅身體不舒服，妻子的態度也讓他不滿。

「我會去看醫生拿藥。」

「小心點，」妻子說，「你之前不是也曾經發生過敏嗎？要記得跟醫生講。」

「好，我知道。」

說是過敏，其實就只是皮膚比較薄的地方稍微起疹子而已，除了發癢之外，也沒有別的症狀。

武藤有一搭沒一搭地準備好出門。

「不吃早飯？」

「我沒食欲。」

「我都做好了……」

這女人是存心要找理由埋怨就是了……

武藤滿心厭煩地走向門口。

真紀沒有送他，敦也沒有。誰叫他得了流感呢，總不能傳染給他們母子。

武藤走出了家門。

平常走慣的通勤路變得好吃力，爆滿的電車真是要人命。

這天，他本來是想先上班再抽空去看醫生，但一開始埋頭工作就完全沒有時間，而且緊湊的工作節奏也讓他暫時忘了感冒的痛苦，最終這天他加班到九點多。

回到家一量體溫，超過三十九度。他吃了市售的感冒成藥立刻上床，祈禱天亮時會退燒，只要退了燒，就不用請假。

一整晚他一直發冷發抖。妻子說怕被傳染，和兒子睡另一個房間。

他覺得好悲哀。

＊

到了第二天早上，武藤還是沒退燒，實在沒辦法上班，只好決定請假去看醫生。

平常和醫院無緣的武藤不知道該去哪家醫院才好。既然要看，大醫院應該比小診所好吧，比較能夠受到周全的治療。他想起距離他們家車程約十分鐘的地方有一家大學附屬醫院，雖然沒去過，但既然是大學醫院，一定錯不了了。

武藤這麼想，便叫了計程車前往醫院。一進大廳他就嚇到了，櫃台大得簡直就像銀行，一整排有好幾個窗口。他去到門診櫃台，櫃台的人叫他到初診櫃台。到了初診櫃台，穿著制服的女職員以冷冰冰的語氣說：「有介紹信嗎？」

「沒有，」武藤慌了，「沒有介紹信就不能掛號嗎？」

女職員的表情不帶一絲溫度，拿出一張紙，說：「請填寫這張表格。」

武藤填好拿過去，她交代：「請稍候，我們會叫名字。」

武藤只能照做，在櫃台前的長椅上坐下。初診櫃台前面有張說明告示，武藤看了嚇了一跳。上面寫著掛號受理截止時間是上午十點，要是他再晚一點來，就掛不到號了。

等了十五分鐘，叫到他的名字，領了一份夾在塑膠文件夾的文件，便要他到初診診察室的櫃台去。那邊的櫃台態度也很差，給人的感覺簡直像是在嫌患者麻煩一樣。

初診診察室前也有椅子。他在那裡坐下來，又得等。在這裡等了一個鐘頭後終於輪到他，他進了布簾後好幾個診察室的其中一間，醫生坐在辦公桌後看著文件。

「怎麼了？」醫生連看也不看武藤就問。

「好像感冒了，在發燒。」

「請用這個量一下體溫。」

醫生把電子溫度計遞給他。武藤照吋吩量了體溫，將溫度計還給醫生。

「三十九度五。」醫生不帶任何感情地說，然後把數字寫進病歷。

接下來，醫生用筆燈照了武藤的喉嚨，沿著下顎以手指按了按後，又轉向辦公桌問：「腸胃有沒有不舒服？」

「還好，沒有食欲就是了……」

「對藥物過敏嗎？」

「不知道那算不算……」

這時候醫生頭一次明確地看著武藤，一副不耐煩地說：「到底是有？還是沒有？」

「以前曾經吃了藥，長出紅紅一點一點的疹子，會癢。」

「是什麼藥？」

「不記得了。」

「是治什麼病的藥？」

「我想是感冒的時候醫生開的藥。」

醫生在病歷裡寫了些字，歪歪扭扭的，又不是日文，武藤心想，該不會連醫生自己都看不懂吧。

醫生把病歷和其他文件往文件夾裡一夾，照樣看也不看武藤就說：

「請到櫃台前等。」

這樣就結束了？

從他坐下來，好像不到一分鐘。等了一個多小時，得到的卻是馬虎的診察，根本就不知道自己是來幹嘛的。武藤本來想抱怨，但對方是醫生，只有摸摸鼻子什麼都不敢說。

在櫃台前等著，結果接下來要他到內科去。

內科前面也有大批患者在等著。又要等了，武藤早有心理準備。果然不出所料，在這裡也等了半個鐘頭以上。叫發燒到三十九度多的患者跑來跑去、長時間等候也不以為意，大學醫院究竟是個什麼地方啊？他心想。

在內科被喊到名字時，已經過了中午了。

醫生正在看病歷，是一名三十五、六歲，戴著眼鏡，瘦瘦的醫生。

武藤一進來，那位醫生就看著武藤說：「可能是流行性感冒，最近正流行。」

他覺得來到這裡，第一次聽到人話。

「昨天開始發燒了。」

「關節會痛嗎？」

「會。」

「嘴巴張開一下。」

醫生用拋棄式壓舌板按了舌頭。武藤嘔了一聲，差點就吐了。

「請把衣服拉起來，露出胸部。」醫生把聽診器貼在他胸前，說：「大口吸氣。好，吐氣……」

光是醫生這樣用聽診器貼在身上，武藤就覺得安心了點。然後，醫生雙手包覆般從頸部觸摸到下巴。

桌上的電話響了，似乎是內線電話。

「不好意思，我馬上回來。」醫生離開了診察室。

過了一會兒，另一位醫生出現在武藤面前，是位年輕的醫生，看來比武藤年輕了近十歲，武藤覺得他不太可靠。

「呃……」年輕醫生看著病歷，「發燒、喉嚨腫、還有關節痛對嗎？」

「是的。」

「應該是流感吧。我會開藥，要補充充分的營養和睡眠。」

這樣就結束了。

「以前，我曾經吃了藥，長出一點一點紅紅的疹子……」

年輕醫生以誇張的嚴肅表情望著武藤。

「是什麼藥？」

「我不會去記藥的名字啊。」

「這怎麼行呢，自己吃過的藥要記住啊。」

「我想是感冒的時候醫生開的藥。」

「那，這次就不要開藥了吧？」

「我是為了想趕快把感冒治好，才來看醫生的。」

「這不是普通感冒，是流感呀。感冒是包括流感在內的上呼吸道發炎，流感則是特定的病毒造成。」

我又不是來聽你講課的。

「我想快點治好。」

「那這樣好了，我先開低劑量的抗生素，一天吃三次。如果又出現同樣的過敏症狀，請停止服用。」

雖然不是完全服氣，也只能同意了。既然醫生都這麼說了，應該不會錯。

醫生說三天後要再來，武藤便在櫃台預約下次複診。在醫院裡的藥局領了藥，到收費處付費。在藥局等了二十分鐘，收費處又再等十五分鐘。

離開醫院的時候，他覺得病情惡化了。搭計程車回到家，吃了領來的藥馬上去睡。半夜流了好多汗，中間起來換了好幾次衣服。

「我光是照顧孩子就忙不過來了……」妻子抱怨。

我的人生就這麼不值嗎？武藤一肚子火，卻連回嘴的力氣都沒有。

*

第二天，武藤一睡醒，發現嘴巴裡感覺怪怪的，好像起了水泡。對著鏡子張大嘴巴一看，甚至肉眼可見咽喉長了水泡。雖然在意，但已經預約了兩天後到京和大學醫院複診，想說到時候再問醫生好了，所幸燒退了，就照常上班工作。

再隔一天，臉上起了疹子，但不像先前那樣，這次不會癢。他覺得奇怪，所以就照醫生說的，停止服用抗生素。明天就要複診了，到時候再問醫生就好。

複診那天早上，不但臉上起了紅疹，連胸口都有，臉也變得紅腫。

到了內科，是那天那個年輕醫生看診，武藤想請那位在內科時最先幫他看診，戴眼鏡的瘦醫生看，那位醫生不僅會正視武藤的臉，說話也有人性多了。

「請問，最先幫我看的醫生呢？」

年輕的醫生表情顯得有點不高興。

「平戶醫師嗎？他是講師，很忙，所以由我來主治。」

既然是主治那就沒辦法，畢竟這裡又不是美容院或酒店，總不能指名吧。

「還是出疹子了喔。」年輕醫生說。

「我照醫生說的，就沒再吃抗生素了。」

「來量一下體溫。」

醫生把溫度計遞給他，體溫退到三十七度左右。

「喉嚨痛的狀況如何？」

「還是有點痛，也會咳嗽。」

「那就不開抗生素，改開解熱消炎藥給你，如果再發燒的話，就吃這個。」

武藤開始感到說不出的不安。有什麼地方不對勁，可是他又不知道究竟是哪裡不對。

「請問……」

「什麼事？」

「這些疹子是……」

「哦，只是一點副作用吧。」

「可是我嘴裡和咽喉都起水泡了。」

「因為現在上呼吸道在發炎，應該是連帶造成的吧。還有發燒會消耗維生素B，所以有時候會引起口內炎，我會幫你開維生素。為了慎重起見，也去看一下皮膚科吧，我會把資料給櫃台，請你去櫃台問。」

診察結束了。

感冒的確是好轉了，可是卻多出別的問題，武藤覺得這些疹子並不是小事。

可是，這裡是大學醫院，還有哪裡的醫療會比這裡更好呢？如果說是因為在大學醫院看病而感到不安，再轉去診所也未免太蠢了。

結果，他被內科轉到皮膚科，預約掛號的日期是兩天後，所以要再來一次。這天，他在藥局領了解熱消炎藥和維生素後便回家了。

「喂，燈不會太暗了嗎？」那天晚上飯吃到一半，武藤忽然對妻子說。

妻子真紀一臉訝異：「跟平常一樣呀。」

「怎麼好像看不清楚？」

「老公，你的臉脫皮了。」

「咦？」

武藤伸手去摸，觸感粗糙，到洗臉台去照鏡子，發現長疹子的地方皮膚就要剝落了，他嚇了一跳。把臉湊近鏡子想看清楚一點，卻怎麼也看不清楚。

怎麼回事？眼睛好怪，可能是一直有點發燒的關係吧，感到全身倦怠。

雖然飯還沒吃完，但他撐不住了。武藤吃了這天醫生處方的消炎藥就上了床。明天必須去上班，雖然還在意著臉上的脫皮，但後天就會去看皮膚科，就交給醫生吧。

當天夜裡，他又發燒了，而且疹子擴及全身，手臂和胸前的皮膚也開始脫皮，他覺得狀況不妙，終於要妻子叫了救護車。

在等候救護車的期間，武藤想了很多。這是他第一次叫救護車，會不會太小題大作了？也許應該自己搭計程車到醫院就好？他想起大學醫院的職員和醫生的嘴臉。

「請不要因為這麼一點小事，就半夜往醫院跑。」他想像著被這樣責備的畫面，大學醫院給人的感覺，是很可能會對患者這麼說的。是不是應該乖乖等到預約掛號的那天呢？他甚至這麼想。

然而，趕來的救護人員看了武藤一眼，臉色就變了：「怎麼了嗎？」

武藤回答：「我因為流感去醫院看病，後來就變成這樣……」

「哪家醫院？」

「京和大學醫院。」

「那麼，就送到那裡去好了。」

他們讓武藤躺在擔架上，送上救護車，救護人員以無線電和醫院聯絡。

「我陪你去吧？」這下連妻子也一臉擔心。

「不用，我一個人就可以，妳好好照顧敦。」

在救護車上，武藤被問了姓名、住址、年齡。他感到視線逐漸模糊，但既然上了救護車，一切就只能交給救護人員了。不久，救護車抵達京和大學醫院，武藤被擔架送進了夜間急診。

進了加護病房後，不久就來了一名睡眼惺忪的值班醫生，是個年輕人。

他在床邊僵了一下。

「怎麼了嗎？」醫生問。

「我在內科看過流感，吃了醫生開的藥，就變成這樣。」

呼吸愈來愈困難了，眼睛也愈來愈看不清，武藤害怕得快要恐慌發作了。

「是在門診看診的吧？」

「是的。」聲音啞了。

醫生命女護理師拿病歷來。病歷來之前，醫生下令做了些檢查和打點滴，除此之外什麼都沒做。

武藤不安極了。

「醫生，我喘不過氣來了，眼睛也好像愈來愈看不見……」

「請等一下，我這就確認病歷。」

天花板上的螢光燈模糊了，吸不到氣。武藤大口吸氣，卻解除不了他的痛苦，不僅解除不了，反而更加劇。

武藤終於恐慌發作，發出喘息聲用力吸氣。

「冷靜！慢慢呼吸！」

醫生的聲音聽起來好遙遠。

武藤失去了意識，從此再也沒有醒來。

2

「Conference？」百合根友久看著赤城左門不禁問。

赤城的臉上蓄著鬍碴，頭髮亂得恰到好處，這些在他身上並不會給人不乾淨的印象，反而令人覺得有男人的魅力。

「對。」赤城以他一如往常低沉響亮的聲音回答，「法院委託的。」

「Conference 就是醫院之類有醫療糾紛的時候，徵詢其他醫生的意見對吧？」

「醫療訴訟的鑑定現在傾向採用 conference（諮詢研討）的方式。以前法院是委託專科醫師幫忙，但要找到願意接的醫師得花上好幾個月的時間。Conference 的方式則是將審理資料送給徵詢醫師，並在兩個月內將其意見匯整起來。」

赤城是警視廳科學特搜班（Scientific Taskforce，簡稱 ST）的法醫學專家，是個擁有醫師執照的正牌醫師。

「可是……」ST的負責人百合根忽然擔心了起來，「赤城，你不是不喜歡團體討論嗎？」

赤城曾患有社交恐懼症，現在雖然已大致克服了，但還殘留著對女性恐懼的陰影，也因此他經常都只想獨來獨往。

對此，臨床心理學家青山翔表示，男女間的人際關係是最基本，同時也是最難處理。青山也說過，赤城雖然已經能夠適應一般的人際關係，但最複雜的男女關係他還是無法處理。

「不用擔心，」赤城說，「只是發表專業看法而已。」

「你說的醫療訴訟，是什麼樣的官司？」

「現在還沒開庭，不能說太多原告的事。不過，因為與SJS有關，我無法坐視不管。」

「SJS？」

「史帝芬強生症候群（Stevens-Johnson Syndrome）。身體所有的皮膚、黏膜都呈灼傷狀剝落，一旦擴及內臟便會導致多重器官衰竭而死亡，有些醫生也將TEN視為SJS的一種。」

「TEN是？」

「毒性表皮壞死溶解症（Toxic Epidermal Necrolysis）。」

「原因是什麼？」

「一般認為主要原因是藥物過敏，但目前還不知道發病的機制。」

「藥物過敏……」

聽著兩人談話的山吹才藏說：「SJS和TEN最麻煩的地方，就是不知道是什麼藥物引發的。」

山吹是ST的第二化學專員，藥理學專家，老家經營曹洞宗的寺廟，他本身也具有僧籍，在命案現場一定會唸經，目前還沒有任何調查員對此投訴過。

百合根問山吹：「天啊，這樣不就不能放心吃藥了嗎？」

「很常見到因為抗生素、消炎藥而發病，實際上也有因為市售的感冒成藥引發TEN致死的例子。」

說到這，的確看過這樣的報導——百合根心想。

「連市售的成藥都不能安心嗎？」

「不能喔，不過我倒是認為問題不在藥物，而是現代人的體質容易過敏。從這一點來看，SJS可以說是文明病。」

「有一說是，」赤城接著說，「每一百萬人當中，每年大約會有一到六個SJS病例，TEN則是〇．四到一．二人，算是很罕見的疾病，所以用不著那麼擔心。」

「原來如此。」即使知道這些，百合根還是無法放心，聽到連市售的感冒成藥都可能會致命，心情就好不起來。

分配給ST的辦公室，被稱為ST室。警政單位大多都是將辦公桌面對面排在一起，做成一個中島，但在ST室裡，除了百合根的辦公桌，所有桌子都是面向牆壁，左右兩邊各有三張辦公桌。

ST所有成員都在，但其餘三人對百合根與赤城的對話顯然不感興趣。

負責文書鑑定的臨床心理學家青山翔坐在最靠近門的辦公桌前，正專注於把桌面搞亂。青山是一個連男性都忍不住會看得出神的俊美青年，就更不用說女性了。膚色白皙，五官端正，還有絹絲般纖細柔美的頭髮，再再很難將他的外表和他雜亂的桌面聯結起來。青山有秩序恐懼症，據說只要一到乾淨整齊的地方，就會覺得渾身不對勁，依照他本人的說法，這是極度潔癖造成的反效果。

他是個看心情做事的人，感不感興趣的事區分得一清二楚，疾病這類的事顯然不在他的興趣範圍內。

青山旁邊的座位是空著的，因為他的桌子太過雜亂，三不五時書籍文件就會走山溢到鄰座，誰都不願意坐他旁邊。

與青山的辦公桌相對，位在門口旁邊另一排的，是黑崎勇治的位子。

黑崎是第一化學專員，處理化學、毒氣意外的專家。他的嗅覺敏銳超乎常人，能夠辨別氣味細微的不同，以前同事都叫他人肉嗅覺感測器。黑崎是武術高手，已深得好幾種古武道的真傳，極度沉默，能不說話就不說話。搞不好，他其實對百合根和赤城的對話很感興趣，只是絕不可能插嘴加入別人的對話。

黑崎旁邊是結城翠。

翠是物理專員，尤其更是聲學權威，但她不只是對聲音瞭若指掌，而且還擁有超凡的聽力，待在辦公室時總是戴著耳機聽東西，若不這麼做，所有聲響她都會聽得一清二楚，戴耳機是她本身心理上的防禦措施，同時也是為了尊重別人的隱私，因為就連打來給別人的電話，來電者在電話裡的聲音她都聽得見。

翠喜歡暴露的衣著，波浪般的長髮、玲瓏有緻的身材，做這樣的打扮出奇好看。今天她也穿著胸口大敞的毛衣，以及整雙腿幾乎全都露在外面的超短迷你裙。

對此青山也分析過，他說翠因為幽閉恐懼症，討厭所有的束縛，所以她一定要穿有開放感的衣服，否則無法忍受。她正戴著耳機翻雜誌，即使聽著MD裡的音樂，四周的對話恐怕她也是聽得一清二楚，看來她對醫學方面的對話不感興趣。

「那麼，」百合根問赤城，「法院的資料什麼時候會送來？」
「應該就這兩、三天吧，我可能會暫時專心處理這個部分。」
「那要是這段期間發生案件，需要出動ST的話，要怎麼辦？」
「頭兒，這要問你，我只是聽命行事。」
聽赤城這麼一說，百合根感到無地自容。不管過了多久，他都沒有身為他們這群人上司的自覺。
赤城說：「如果需要驗屍，交給川那部檢視官就好了吧？」
「你是說真的嗎？」
赤城嘴角略略揚了揚，露出諷刺的笑容。

＊

赤城整理意見的那兩個月，ST雖然曾幾度出動，所幸沒有案子需要驗屍，用不著勞動赤城。

有一次，赤城不在現場，一名鑑識人員問起：「今天赤城大哥不來嗎？」似乎很期待赤城的出現。

每每赤城一到現場，就會有不可思議的現象發生。赤城以獨行俠自居，總是擅自開始檢視被害者，但不知不覺間鑑識人員就會聚在他身邊，開始交換專業意見。赤城的確有吸引人的魅力，莫名地受人愛戴，但他本人並沒有自覺。

百合根總是很羨慕赤城的這個特質，當初他奉警視廳科學搜查研究所所長櫻庭大悟之命統領ST，一見到五名組員就感到絕望。

他不可能管得動他們，百合根心想。這一點，到現在依舊沒有什麼改變，總是被他們牽著鼻子走。即使如此，他們還是做出了一點成績，但這並不是百合根指導有方，而是這群組員非常優秀，是他們在幫我——百合根至今仍這麼想。

後來，赤城參與的醫療訴訟開庭審理，為了與其他兩位參與conference的專家交換意見而到法院報到。判決那天，赤城板著一張臭臉回到了ST室。

赤城很少笑，臉上的表情經常像是在苦惱著什麼，他的鬍碴與有點亂又不會太亂的頭髮之所以會讓他散發出男人魅力，恐怕就是來自於這表情吧。然而，也很罕見他臉這麼臭。

百合根戰戰兢兢地問：「判決結果如何？」

赤城粗聲地回答：「原告敗訴，醫院不需負賠償責任。」

青山、黑崎、翠三人仍舊漠不關心，山吹看著赤城，但也只是點了幾下頭而已。

「那就不算是醫療疏失了？」

「應該是有，但是無法證明。原告是因SJS死亡的患者之妻，她先生被送往醫院時，她並沒有陪同前往，因此當時進行了什麼樣的醫療行為，她並沒有親眼看到。」

「那麼，」百合根又問，「意思是說你是主張原告應該勝訴嗎？」

「應該要負一些賠償責任才對，又不是每個SJS發病的人都會死。」

「這真的很難啊。」山吹說，「雖然我能了解赤城的心情，但SJS和

TEN什麼時候會發生在什麼人身上是無法預期的，而且一旦發生，死亡率極高，也許救不回來。」

赤城眼神銳利地瞪向山吹，但百合根比山吹更驚訝於他的表情。

赤城對山吹說：「出席conference的醫生也說了類似的話。現在可是死了一個人，一個只是得了流感，去醫院看病的病人卻死了，原因很顯然不就是出在醫院的用藥嗎？」

青山、黑崎、翠三人朝赤城看，他們似乎也驚訝於赤城激動的語氣，山吹本人倒是很鎮定，他以沉著得不能再沉著的語氣說：「你一定也知道，要預測SJS因什麼藥物誘發是極其困難的，醫院應該是不可能預測得到。」

「他們忽略了徵兆，而且對SJS的認識不足，這就是醫院的責任。」

「你剛才說，出席conference的其他醫生看法也和我相同，也就是說，多數的專家都是這麼認為的。」

赤城滿臉怒氣。

「另外兩個醫生都是站在醫院那邊，當然，他們是從別的醫院來的，但是醫生之間總是彼此相護。」

「你也是醫生啊。」

「我就是討厭互相勾結的醫界，」赤城不屑地說，「這有時候會害死患者！」

山吹問：「你說患者是因為流感而去醫院就診的吧，醫院開了什麼處方給他？」

「頭一次是 Cefcapene Pivoxil 一百毫克錠劑，Diclofenac Sodium，三天後又再開了一次 Diclofenac Sodium。」

百合根當然完全聽不懂。

「這是每一家醫院都會開的抗生素和解熱鎮痛消炎藥，處方本身沒有問題。」

「他們可是對流感開了 Diclofenac Sodium。」

「我知道，你是想說流感併發腦炎和急性壞死性腦病變吧。的確，目前已知 Diclofenac Sodium 和 Mefenamic Acid 會提高流感併發腦炎的死亡率。厚生勞動省也有報告指出Mefenamic Acid並不建議用於流感的發燒，但是有問題的是用在兒童身上，同時也沒有禁止使用Diclofenac Sodium。這次問題的癥結並不在於流感併發腦炎或急性壞死性腦病變，而是SJS和TEN，請冷靜。」

「你是說我不冷靜？」

赤城的確不冷靜，不像平常的他。百合根一邊不知如何是好，也難以抹去心中的疑慮，到底是什麼惹火了赤城？

山吹說：「總之，判決已經出來了，你也無能為力了吧。」

赤城緊閉著嘴，死盯著山吹，最後還是忍不住開口：

「你總是以旁觀者的姿態，搬出不痛不癢的大道理，所有的事情只要以一般論，想必你都樂得輕鬆吧。」

這些話裡有刺。

「等一下，何必說這種話？」翠開口了。她一把摘下了耳機，「我不知道你在氣什麼，可是也不必把氣出在山吹身上吧？」

「囉嗦！」赤城換成瞪翠了，「妳懂什麼！」

「我是不懂啊，」翠把椅子轉向赤城，「我們確實是不懂你為什麼會這麼煩躁。」

「那就不要插嘴。」

房間裡的氣氛變得很差。

百合根心想，我一定要做點什麼來化解，然而他不知道該說些什麼才好。

赤城小聲嘖了一聲就離開辦公室，關門聲大響，留下了一片寂靜。百合根傻了。

意外的竟是青山打破沉默：「他這個樣子，就是還不懂得怎麼跟人相處啦。」

翠對山吹說：「你別放在心上喔。」

山吹坦然地說：「我一點也不在意，只是赤城很難得會流露出這麼多情緒。」

青山說：「大概是因為討厭醫院吧。」

百合根不禁朝青山看，青山正呆望著辦公桌上成堆的書籍和文件。

「討厭醫院？」百合根說，「他不是醫生嗎？」

「是啊，但沒有在醫院工作。」

「那是因為赤城選擇了法醫學這條路啊。」

「絕大多數的法醫學者都留在大學裡做研究教學，可是赤城卻來到科搜研。」

赤城為什麼會進入科搜研？百合根不知道前因後果。

「青山你知道赤城為什麼不留在大學裡嗎？」

「不知道啊。」青山答得乾脆。

百合根環視其他組員，問：「有人知道嗎？」

翠接話：「沒有人知道，也沒有必要知道。過去的事不重要吧，我們只要擁有稱職的能力就夠了。」

這群人果然不同於一般人，百合根這麼想。

一般職場上的同事，或多或少都會知道彼此一些私人的背景。說到這，百合根從來沒聽過他們談個人的事，他們各自獨立。但儘管獨立，ST這個小組卻絕對不是一盤散沙。百合根再次心想，也許所謂的專家小組就是這樣吧。

「可是啊，」青山說，「赤城會那麼激動，也許是因為發現了什麼。」

「是什麼呢？」百合根不禁問。

「不知道。」

早知道就不問了，百合根失落地想。

「無論赤城多努力，既然結果已經宣判，就無可奈何了。」山吹說，「我個人也認為日本的餵藥醫療是不對的，但是這一點無法說改就改。」

山吹說的沒錯，在這件事上，赤城無能為力，更不用說，與ST毫不相關。

百合根是這麼認為的。

3

翌日，搜查一課的菊川吾郎來到ST室。他是個四十五歲從基層幹起的警部補。他照常板著臉打開了門，但或許是發現裡面氣氛不對，隨即露出訝異的表情。

ST室內鴉雀無聲。

ST的組員不會閒話家常，所以平時辦公室裡大多都是安安靜靜，但現在這種安靜的氣氛明顯不同。

菊川來到百合根的辦公桌旁，小聲問道：「怎麼了嗎？」

原因是赤城心情極差。

赤城算是不愛說話的人，也不會主動去找人搭話，然而他確實主宰了ST的氣氛。他心情一差，ST室的氣氛自然就沉了下來，而且，他和山吹之間的口角依然餘波未平。

百合根不想在那個當下回答菊川的問題，反問他：「有什麼事嗎？」

「一個得了不知道叫什麼病的患者死了，家屬提出醫療訴訟，我聽說那個官司找了赤城去當鑑定醫師。」

「嗯，有什麼問題嗎？」

「那個官司，現在變成刑事案了。」

赤城看起來似乎是有所反應了，只是他的表情不變，僅將視線投向這邊。

「你是說，家屬提出刑事告訴？」

「對。必須調查有沒有業務過失致死的嫌疑。我是想，既然赤城經手過，那這應該是適合ST的案子……」

聽他說得不乾不脆的。

「實際上是怎麼回事？」

「警部大人，我看你也已經見識過不少大風大浪，應該多少了解這世間是如何運作的吧。」

「你是說，沒有人願意接這個案子嗎？」

「應該是說，能動員的人力有限。調查員人手永遠不夠，這個案子在民事法庭上已經被判敗訴了，就算變成刑事案，結論恐怕還是一樣，調查員根本提不起勁來。」

「講白了就是沒人願意認真辦這個案子？」

「這樣說就太過分了，警部大人。既然是案子，當然會好好查。」

「專任的調查員有幾位？」

「轄區兩位，本廳這邊目前就我一個。」

「再加上我，就是兩個了。」

「是啊，是這樣。」

「要我們就四個人辦這個案子？」

「不止四個人，還有ST的五個人。」

ST的組員不是警察，他們是警視廳的技術人員，不配戴警徽、手銬以及手槍。

「很好呀，」山吹說，「這是很適合ST的工作。」

百合根往赤城看。赤城立刻轉移視線，假裝看手上的雜誌。

「赤城，」百合根說，「你覺得呢？」

赤城看著雜誌說：「我聽頭兒的指示。」

百合根點點頭，對菊川說：「好，那什麼時候開始？」

「馬上，我這就要去轄區警署了解狀況。」

「轄區在哪裡？」

菊川還沒說，赤城就回答了：

「品川署。出問題的醫院是京和大學醫院，在東品川三丁目；患者家在東品川一丁目的一棟公寓。」

菊川回頭看赤城，說：「一點也沒錯。」

百合根說：「那麼，我們這就出發吧。」

＊

品川署的兩名調查員接待了百合根一行人。

他們是搜查第一課重案組的巡查部長市川杉夫與巡查長壕元清。

市川杉夫是個即將退休的部長級刑警，體格瘦長，臉也是細長型的，一頭銀灰色的頭髮，顯得相當時髦。

壕元清則與市川形成對照，身材短小，然而並不是胖，而是肌肉發達。眉毛粗，頭髮也理得很短，年齡大約三十四、五歲。

「正在等候幾位。」市川向菊川說，「資料都齊了，這邊請。」

菊川點點頭。

市川大概是認為菊川是這群人當中位階最高的吧。從年齡、派頭來看，會這麼想也是當然的，百合根並不在意。

壕元一看到ST眾人，頓時露出奇妙的表情。一般警察身上帶有一種獨特的氣質，像是藏有著祕密，且給人十足壓迫感，然而ST的人顯然與他們不同，壕元大概是注意到這一點，他也偷瞄了翠那身挑逗的打扮，雖然裝作不在意，但在穿越這條走廊的路上，他不時偷看，這些百合根都看在眼裡。不過，他無法責怪壕元，絕大多數的男人應該都無法不對翠和她那身打扮分心。資格老又紳士的市川倒是一直應對得體，他應該也對翠感到好奇，但完全深藏不露。

他們被帶到一個像是小會議室的房間。無論去到哪一個轄區警署都一樣，這裡也有大學體育社團休息室的汗臭味。

等著百合根一行人的，不僅僅是兩位刑警而已，民事審理時的公開文件和影本已堆積如山佇在那裡，桌上已經分配好要提供給每個人的資料，案件概要、新聞報導等等一應俱全。剪報內容是關於醫療訴訟的審理，篇幅絕對說不上大，看來是因為ＳＪＳ這個新奇的症狀造成問題才上報，通常小型的醫療訴訟是不會見報的。那一大疊資料，多半是醫療訴訟的法庭紀錄吧。

「好啦，該從哪裡開始呢……」

市川語氣優雅地說。他雖然穿著十分有警官風格的深藍色西裝，但每一個小細節都注意到了：長褲褲腳的反摺應該剛剛好三公分吧，西裝的三顆鈕扣只扣上面兩顆，深藍色與金色相間的斜紋領帶搭配白色襯衫，衣領則是細格紋，標準的傳統長春藤風格。

另一方面，壕元的褐色西裝則是皺巴巴的，白襯衫顯然是化學纖維製的便宜貨，應該要再仔細清洗，還有領帶結也有污垢，整條暗紅色的領帶就只有那個部分變黑。

「你們已經自我介紹過了，我們這邊還沒有。」菊川說。

市川優雅地點頭：「是啊，麻煩幾位了。」

菊川自我介紹後，接著介紹百合根：「這一位是ST的班長百合根友久警部。」

菊川一說完，市川與壕元都面露驚訝。百合心想：這是當然的。

他們一定是認為百合根的位階在自己之下，尤其是壕元，嚇了好大一跳。

巡查長這個位階，並不是正規的階級。由於巡查與巡查部長之間有很大的間距，有些人幹了一輩子警察都還只是巡查，因此姑且設了巡查長這個位階，將年齡相對已高但仍是巡查的人歸於此。從巡查長的角度來看，警部簡直高不可攀。

「那麼，請百合根班長介紹ST成員……」

菊川這麼說，百合根便介紹了各組員的名字與專長。

菊川補充說：「還有，負責法醫學的赤城在這次被害者的醫療訴訟中，也擔任鑑定醫師。這次的審理採用了數名醫師組成的 conference 制，赤城是三名鑑定醫師中的一位。」

「鑑定醫師？」市川一臉不解地問。

菊川點點頭：「對，赤城有醫師執照，是位合格的醫師。」

「我聽說過ST小組的傳聞，」市川說，「是由科搜研各個專業領域的專家組成，據說過去在辦案方面成績斐然，但是我沒想到其中竟然還有真正的醫生。」

「何止醫生，」菊川說，「連貨真價實的出家人都有。」

市川與壕元同時看山吹，市川說：「是開玩笑的吧？」

百合根回答：「不，山吹真的有曹洞宗的僧籍，他家便是寺廟。」

市川一臉難以置信，壕元以懷疑的眼神輪流看著赤城和山吹，然後壕元以手掩著嘴，對市川悄聲耳語，不知道說了什麼，但他一說完，翠就說：

「AV女優或酒店小姐怎麼可能會在警政單位工作？」

壕元的反應好像觸了電，市川也愣愣地看著翠。

百合根說：「哦，我忘了說，結城耳朵非常靈敏，請多加小心。」

市川和壕元彷彿看著不可能存在的生物般注視著翠，壕元在轉移視線之前，眼睛還在翠的乳溝繞了一圈。

「好了，該進入主題了。」菊川一臉不高興地說。

「說的也是。」市川乾咳了一聲，打開手上的資料，「那麼，我來簡單說明一下事情經過……」

醫療訴訟的民事審理在四月底結束，患者的家屬立刻採取了刑事告訴手續。過去，民事訴訟結果若敗訴，原告就會放棄。然而，近年來醫療糾紛的問題被放大，支援受害患者和家屬的團體也積極展開活動。

百合根心想，這次恐怕就是反映了這股風潮吧。事實上確實也有醫療失誤演變成刑事案件，醫生因而被捕的例子。然而，這次的狀況又是如何呢？

市川的說明十分形式化，給人一種提不起勁來的感覺。百合根盡可能摒除先入為主的想法，先聽他報告。

受害患者名叫武藤嘉和，是一名在OA器材製造商擔任業務課長的三十六歲男性，提出告訴的是其妻武藤真紀，三十四歲。

事情發生在二月初。武藤嘉和表示身體不適，到京和大學醫院接受診察，主治醫名叫平戶憲弘，三十五歲，職稱是大學醫學院講師。

頭一次接受診察時，醫師診斷為流行性感冒。開了Cefcapene Pivoxil一百毫克錠劑及Diclofenac Sodium的處方，就是之前山吹解釋過的抗生素與解熱消炎藥。

三天後複診。這時候醫師確知他出了疹子，考慮到有可能是藥物過敏，中止了抗生素，開了發燒時吃的Diclofenac Sodium與維生素B群，並且辦理了皮膚科的預約掛號。預約的門診是兩天後，然而還沒等到皮膚科的診察，症狀便惡化了，武藤嘉和被救護車送往醫院，雖然在加護病房接受了治療，但武藤嘉和身上已發生了TEN，當天將近天亮時失去了意識。

醫院在這個階段通知家屬前來，並且展開更進一步的治療，但武藤嘉和仍於當天下午二點四十三分死亡。直接的死因是肺炎，但同時也有TEN造成的多重器官衰竭。

若僅就這段經過來看，會相信醫院並沒有過失。然而，前幾天青山的話卡在百合根心頭。

「赤城會這麼生氣，可能是因為發現了什麼。」

青山是這麼說的。百合根對青山的觀察力十分信服，有不少案子就是因為他對人的洞察入微而破的。

市川徵求眾人的意見。

百合根說：「醫院方面的處置是否正確，是我們接下來要加以調查的。」

聽到他這麼說，壕元問：「不好意思，請問百合根班長是高考組的嗎？」

百合根頓時有種不願為人所知的陳年舊惡被人提起的心情。

「是的。」

「那就沒有什麼實務經驗囉？」這話語帶諷刺，而且多半是故意挑釁。

對方會有這類反應百合根早已司空見慣，很多刑警一聽到是年輕的高考組警部，就露骨表示反感，壕元恐怕也是如此。他這個年紀還是巡查長，大概是不可能出人頭地了。

「我想若是與你相比，實務經驗確實算少。」

「想必也沒有到派出所執勤的經驗吧。」

「沒有。」

市川微微皺起眉頭，制止壕元：「這些和案子無關吧。」

壕元毫不退讓地說：「我只是想針對這次的案子先表態而已。要知道，這件事已經有結論了。我們只要搜集資料供開庭使用就行了吧，大致就是去取得到家屬和醫院雙方的證詞就夠了。」

「你的意思是，不必查證醫師業務過失致死的嫌疑嗎？」

「說得極端一點，是這樣沒錯，這就是警察的工作。」

巡查長竟然指導警部什麼是警察的工作，真是好大的膽子。然而，百合根也不是不明白他的心情。

徹頭徹尾的實務主義者就是這樣，只相信他在實務辦案裡培養出來的一切，百合根認為這也是一種做法。

壕元認為家屬提出刑事告訴本身就是錯的。

「醫療方面的案件必須審慎調查。」百合根說，「最近社會大眾非常關心醫療問題，醫療行為是否恰當，會引起高度的注意。」

「轄區警署的案子多得不得了。」壕元那雙又大又圓的眼睛睜得大大地瞪百合根，「暴力案件不斷發生，如果連流感去看醫生、運氣不好死掉的人都要管，警察根本管不完。」

百合根想反駁，但他還來不及開口，赤城就搶先說了。

「那個運氣不好死掉的人如果是你自己呢？」

「你說什麼？」壕元看向赤城。

「不然，運氣不好死掉的人，是你的配偶、你的孩子呢？」

「談假設沒有意義。」

「我是在問你，如果是你的至親遇到了同樣的狀況，你會有什麼感覺？」

壕元咕噥著說：「現在又不是在談這個……」

赤城緊咬不放地說：「不，現在談的就是這個。對醫院的犯罪視而不見，永遠都會有新的患者受害，什麼時候會輪到你還不知道。你也許死於暴力案件的機率沒有多高，但卻很有可能被醫療失誤害死。為了促使醫院改正，這樣的調查是必要的。」

赤城似乎認定醫院有錯，這一點讓百合根很在意。

「你是醫生吧？」壕元說，「這些問題請你們醫生自己去解決。」

「醫生自己絕對解決不了，所以才會需要司法的介入。」

「夠了！」菊川忍無可忍地說，「無論是什麼狀況，掉以輕心都是大忌，這是原則。要摒除任何先入為主的觀念，醫院有錯沒錯都不可預先認定，知道了嗎？」

壕元這才總算收起矛頭。看樣子，他極度好強不認輸。

百合根想趕快改變話題，便向赤城提問：「負責診療被害者的是醫學部的講師，這是什麼樣的位子？」

「要負責指導年輕醫師和實習醫師，以警察制度來說的話，相當於巡查部長或警部補。」

「那麼，是由位於指導職的醫師來負責診療囉？這樣的話，判斷應該不會出錯吧？」

赤城的表情複雜，似乎在苦思什麼。這個問題有這麼難嗎？百合根反而不知所措起來。

終於，赤城說了：「即使是講師等級的人，也可能會判斷失誤，但是大學醫院裡有很多錯綜複雜的關係。」

「怎麼說？」

「這個，現在還沒有辦法詳細解釋，因為就像菊川老大說的，可能會造成大家先入為主的觀念。」

「如果是醫生的判斷失誤，無法構成業務過失致死。」壕元說，「要是都算的話，全日本不曉得有多少醫生要被抓去關了。」

「失誤本身不是犯罪。」赤城說，「問題是失誤的內容，和為什麼會發生失誤。」

見兩人好像又要開始爭論，市川只好介入。

「阿壕，先到此為止。菊川先生說的沒錯，辦案不能有成見。」這一句話就穩住了場面。

「好了，關於查訪，」市川繼續說，「ST的各位去醫院查訪，應該比我們更適合吧？我們負責家屬這邊吧。」

「不，要去醫院的時候最好大家一起去。」赤城說，「大學醫院的世界既龐大又複雜，而且在去醫院之前，我認為應該先聽聽家屬怎麼說。身為醫生，有些話我想當面聽對方說。」

市川點點頭：「既然專家都這麼說了……」

於是決定首先由百合根等ST人員，向提出訴訟的家屬了解情況。

百合根感到不安，不知道青山是不是安安分分的，於是偷偷看青山的狀況，只見他一副毫不關心，眼睛不知在看什麼，順著他的視線望過去，原來是房間一角的一大堆雜亂文件。

4

一出走廊，百合根感覺有人從後面按住他的肩膀，回頭一看，是黑崎。

「我有事要跟你說。」沉默寡言的黑崎會主動說話，極其難得。

「什麼事？」

「京和大學醫學院。」

「我們待會要去的地方？」

「赤城就是京和大學醫學系畢業的。」

「咦？」

黑崎只說了這些，就擦過百合根身側，搶先離去。

百合根在原地呆站了一陣子。赤城是京和大學醫學系畢業的？

為什麼赤城沒有提這件事？是因為他認為身為上司的百合根當然知道嗎？的確，也許百合根是該知道，他有權看赤城的人事檔案，也曾經看過一次，然而他不記得，聽到京和大學也沒想起來。身為上司，他太粗心了，要不是黑崎告訴他，也許他永遠也不會想到。

如果是他的母校，應該有幾個認識的人吧，這會造成辦案的障礙嗎？

百合根陷入長考。

應該別讓赤城參與辦案嗎？然而，若將身為醫生的赤城抽離了，ST參與這次辦案就沒有意義了。百合根邊煩惱，邊走在走廊上。他必須當機立斷，然而卻不知道該如何是好，不禁又為了欠缺判斷力而自我嫌惡了起來。

＊

被害者家距離品川署開車大約十分鐘。百合根與菊川，以及赤城一同前往。

「我也可以去嗎？」青山突然這麼說，百合根吃了一驚。

「去了也沒有什麼好玩的喔。」

「真沒禮貌，這是去查訪，我當然知道不會好玩，可是我們應該要觀察家屬的心理吧？」

「的確是有這個必要。」

百合根一這麼答，赤城就嚴厲地説：「不許妨礙我們。」

結果青山也跟著去了。市川説沒有公務車可以調動，於是百合根自掏腰包讓大家搭計程車。ST的調查費用有限，且這次沒有成立專案小組，所以沒有專案費用可申請。

被害者家是位在一棟還滿新的大樓裡。品川這一帶的濱海地區近年來開發速度驚人，以前這一區只有倉庫林立，現在不但有電視台搬來，還多了以年輕人為主要消費群的購物中心、電影院等，新建的公寓大廈也愈來愈多，被害者的家便是其中之一。

自動鎖的門前，有數字鍵和攝影鏡頭，輸入七〇一不久，對講機便傳來一名女子應門的聲音。

「請問是武藤太太嗎？」菊川問。

「我是。」

「我們是警察。」菊川對著攝影鏡頭出示警徽。

開鎖的聲音響起。菊川開了門，他們一行四人走向電梯。按了七〇一號的門鈴，門立刻開了，一名短髮女子露了臉。

「能逮捕主治的醫生嗎？」她突然說道。

菊川安撫般說：「首先，要請妳先詳細描述一下當時的情形……」

「凡是我知道的，我都願意提供，請想辦法逮捕醫生。」

「您是武藤真紀太太沒錯吧？」菊川說，「我們想向您請教詳細的狀況。」

武藤真紀終於發現自己的失禮，這才說：「幾位請進。」

屋裡的一切，感覺都還是新的，有新家具的木頭味，牆壁十分潔白，木質地板上還看不到刮痕。

空氣中有微微的線香味。菊川大概是注意到這個味道吧，提議道：「可以讓我們上個香嗎？」

這句話，似乎讓武藤真紀平靜下來。

「好的，麻煩這邊請。」

四人被帶到佛壇所在的和室。這間房子和佛壇實在不搭調，佛壇被擠進衣櫥旁邊，上面擺著照片，是武藤嘉和，佛壇應該是專為他買的吧。

看菊川上了香，合掌默禱，青山悄聲對百合根說：

「是不是應該也帶山吹來啊？」

「噓。」

上完香，武藤真紀帶四人到客廳，那兒有套寬敞柔軟的皮沙發，客廳大半的空間都被這套沙發茶几組占據了。武藤真紀為每個人上了紅茶後，坐在單人座的沙發上。

與那張沙發呈直角擺放的兩人座上，坐的是菊川和百合根，距離武藤真紀最近的是菊川。另一張兩人座沙發又與他們呈直角擺放，換句話說，第二張兩人座沙發是隔著矮矮的茶几與真紀的單人座沙發面對面，赤城和青山就坐在那裡。

菊川沒有碰紅茶就問：「請您告訴我們整個事發經過。」

武藤真紀挺直了背脊，雙手交握放在膝上，態度堅毅，神情也極其堅強。

「事情發生在二月四日。早上一起來，外子就說他好像感冒了，我想多半是流感，因為他發燒，而且那陣子非常流行……」

百合根打開活頁筆記本做筆記。

「那天，他說他很忙沒辦法去看醫生，從公司一回來，吃了市售的成藥就馬上睡了。第二天早上，發燒得更厲害，超過三十九度，所以他請了假，去看醫生。」

「就是去京和大學醫院？」

「是的，他大概是認為距離這裡不遠，既然要看病當然是大醫院比較好吧，可是那卻是錯誤的開始。」

「那天他從醫院回來後，情況如何？」

「他看起來有點累。上午出門，回來的時候已經一點多了。假如和我商量一聲，我就不會讓他去什麼大學醫院了。」

「為什麼？」

「大學醫院才不可能認真看流感這種小病，他又沒有介紹信。」

「介紹信？」

「應該先去診所才對。診所認為有異常，就會寫介紹信，這樣大醫院才會比較認真看。」

這應該是誤會吧，百合根這麼想。不管有沒有介紹信，不管是什麼症狀，醫生應該都會好好治療才對。然而，他什麼都沒有說。

查訪時絕對不能做的事之一，便是與對方爭論。若是為了讓對方開口而採用激將法就另當別論，但是爭論，或是糾正對方的想法，都不適宜。

這一點菊川當然知道，他默默地讓她繼續說下去。

「我想外子之所以會選擇大學醫院，很可能也是因為他以前曾經對藥物過敏。」

「藥物過敏嗎？」

菊川朝赤城看，百合根也跟著看向赤城。

赤城正雙手叉在胸前聽他們談話，見到菊川一副要他發問的樣子，赤城便說：「是什麼樣的過敏？」

「皮膚長出一點一點紅紅的，他說會癢。」

「長在什麼地方？」

「手臂、大腿內側，我想就是皮膚比較薄的地方。」

「當時是吃了什麼藥？」

「他說是感冒，醫院開給他的藥。」

「您知道藥名嗎？」

「不清楚。」

「那後來，有因為過敏就診嗎？」

「我想沒有，因為症狀很快就好了。外子討厭看醫生，而且工作又很忙。」

「這次感冒，為什麼沒有去之前看病的醫院？」

「那家醫院在外子公司旁邊，位於赤坂，而這次他是從家裡去醫院的。」

赤城點點頭，然後又再將雙手架回胸前，不再發話。菊川又發問：

「您先生從京和大學醫院回來之後，就服用了醫生開的藥吧？」

「是的。」

「沒有吃其他的藥？」

「沒有。」武藤真紀說得非常篤定。

「後來，發生了什麼事？」

「那天半夜裡，他流了好多汗，換了好幾次衣服。第二天早上一起來，就說嘴巴和喉嚨長了類似水泡的東西，再過一天，臉上也長出紅紅的小突起。因為起了過敏，就暫停服藥。」

「那立刻去就醫了嗎？」

「因為已經預約了隔天複診，他說要忍耐到複診那天。然後，複診那天，也就是二月八日，疹子出得更嚴重，臉都腫起來了。那天，他去看了醫生，回來的時候是上午十一點多，燒暫時退了，可是吃晚飯時，他說燈很暗，一定是眼睛看不清楚了。然後，那個時候，臉開始脫皮，明顯是史帝芬強生症候群的症狀。」

赤城對這幾句話有反應，只見他略微抬起頭來注視武藤真紀，卻什麼都沒說，而青山正注視著這樣的赤城。

武藤真紀沒有注意到他們兩個的動作，在膝上交握的手握得很用力。

「外子說他已經預約了兩天後的皮膚科，可是我認為最好立刻到醫院去。他又吃了醫院開的藥就躺回被窩，當天晚上他又發燒，幾乎全身都起了疹子，連手臂、胸部也脫皮了，所以終於決定要去醫院，我趕緊叫了救護車。」

「是送到京和大學醫院嗎？」

「是的。」

「您陪同他一起去嗎？」

「沒有。因為我們有個一歲大的兒子，他要我看著孩子，我聽了他的話。然後，天快亮的時候，醫院打電話來叫我立刻趕過去，說他失去意識了，我帶著兒子趕到醫院去，然後從醫院打電話給他在鄉下的老家。外子是山梨人，媽媽還在老家。我婆婆當天就趕來了，可是同一天下午，他就……」

「病故。」菊川沉重地說。

武藤真紀的情緒逐漸激動起來，雙眼泛紅，含著淚。她將眼淚輕輕一抹，接著說：「是的。外子去京和醫院，在那裡接受診療，被救護車送到京和醫院，死了。我不敢相信，我無法接受外子的死，直到現在，也還是難以置信，連煮飯都會不小心準備兩人份。」

聽到這種話真叫人難過，然而還是要請她說出來。有時候，光只是述說，也能夠撫平心裡的傷痛。有一次，青山說過類似的話。尤其是女性，向人述說能夠減輕她們的心理壓力。

「我最遺憾的是，在外子死前，我連一句溫柔、鼓勵的話都沒能對他說，我因為帶孩子身心俱疲而疏忽了他。」

「我明白，」菊川說，「夫妻相處就是這樣。」

「外子是死於流感，如果是更嚴重的病，我也就認了。不，應該說就是因為流感，他才會死的。」

「您的意思是？」

「如果是更嚴重的病，京和大學醫院的醫生就會認真治療，然而外子最大的錯誤，就是小小流感就到大學醫院去就診。」

赤城以低而平靜的聲音說：

「您先生從第一次就診到過世的這段期間，京和大學醫院的醫生有沒有向他解釋過史帝芬強生症候群？」

「沒有，」武藤真紀明確地否定，「一次都沒有，我連這個詞都沒聽過。」

「民事法庭審理前，地方法院已保全證據，病歷上有沒有這樣的記載？」

「病歷上是有的，但是看起來像是事後才加上去。病歷的邊邊寫著SJS，但位置很不自然，而且只有那三個字寫得特別工整。」

「您是說，病歷被竄改過？」

「我是這麼認為，可是法庭上並沒有這樣認定。」

「您剛才說，臉上長疹子、脫皮、發生視力障礙，是明顯的史帝芬強生症候群症狀，您是怎麼知道這些的？」

「那是，」武藤真紀頓了一頓，「為了民事訴訟看了很多資料……」

「那麼，您先生過世的那時候，您並不知道史帝芬強生症候群囉？」

「不知道。」

「您先生的症狀，其實正式來說是TEN。」

「我知道，毒性表皮溶解症。」

赤城點點頭。

「您雖然提起民事訴訟，但法官不認為醫院有過失。」菊川說，「即使如此，您還是要告醫院是嗎？」

「這並不只是我們家的問題而已，我希望大家都能了解醫療的問題所在，若是對這些問題視而不見，將來還是會再出現和外子一樣的犧牲者。」

菊川點點頭：「我們明白了。」

菊川朝百合根看，意思是問他有沒有問題，百合根搖搖頭。菊川正要站起來的時候，武藤真紀叫住了他：「請問……」

「什麼事？」

她一時似乎難以啟齒，但最終還是說了：「刑事法庭會認定京和醫院有過失嗎？」

「這個，我們也不知道。」

「提起刑事告訴究竟對不對呢？」

「我們也不敢說……」

武藤真紀無力地點了點頭，一直堅毅地與他們交談的她，一瞬間彷彿換了一個人，但她馬上重新振作，送百合根等人出門。

＊

一走出公寓，百合根便回想方才武藤真紀所說的內容。

與市川所說明的狀況似乎沒有矛盾之處，這就意味著，刑事法庭只怕也無法向醫院究責了吧？

民事法庭與刑事法庭做出的判決有時會有出入，然而絕大多數的狀況是在刑事法庭無罪，但民事會被追究責任。

菊川問：「你們覺得呢？」

沒有任何人開口，所以百合根連忙回答：「看不出醫院有過失。」

菊川問赤城：「沒有介紹信很難在大學醫院就診，是真的嗎？」

「真的。」

「為什麼？不管有沒有介紹信，病人就是病人啊？」

「這和特定機能醫院的指定有關。」

「那是什麼？」

「厚生勞動省會指定醫院提供高水準醫療服務，一被指定為特定機能醫院，診療報酬就會相當優渥。全國七十八所大學醫院和東京國立癌症中心、大阪國立循環器官疾病中心、大阪府立成人病中心都是受指定的醫院。」

「這和介紹信有什麼關係？」

「要受到指定，有幾個條件，其中之一是患者轉介率，要達到百分之三十以上。」

「連個流感病患都看不好，還高水準醫療咧！」

菊川不屑地說，赤城更加不悅地接下去。

「所謂的大學醫院，不只要治療患者，也負有研究最先進醫學的責任。」

「什麼最先進的醫學？醫生本來就不該輕忽患者。」

「我也這麼認為。大學醫生雖然看病，但不看病人。」

菊川低聲沉吟。

「我覺得啊，」青山說，「很不自然。」

菊川不知是不是對剛才特定機能醫院的話題感到不滿，咬人似地說：「哪裡？」

「那位太太的態度。」

「是怎樣不自然了？」菊川顯得很煩躁。

「被問到的問題，她都流暢正確地回答，簡直就像事先演練過。」

「那當然了，她都經歷過民事法庭了，絕大多數的事都記在腦子裡了吧。」

「可是，一涉及個人，卻會遲疑或是陷入沉思。」

百合根想起來了，的確在談到失去丈夫之悲慟，和談到事實的時候，她的態度不同。他們臨走時，她的說法好像是後悔提起刑事告訴似的。

「大概是心情還沒有平靜下來吧。」菊川冷淡地說。

「也許吧，可是我覺得有別的可能。」

「什麼？」

「背後可能有高人。」

「什麼!?」

「就是說，有人說服她提起告訴。」

「這就不合理了。如果是民事訴訟還有可能，打贏了能拿得到大筆的賠償金，可能有人會為了錢教唆她，但這是刑事告訴喔，就算逮捕了醫生，也一毛錢都拿不到。」

青山微微聳了聳肩，百合根也認為菊川說的有道理。

「也許吧。」青山說，「我只是有這種感覺罷了。」

5

他們以手機和市川取得聯絡，決定前往京和大學醫院。百合根本來是打算先回一趟品川署的，但市川說要在醫院會合。

京和大學醫院從品川署走路過去只要五分鐘。原來距離這麼近，讓百合根有點吃驚。醫院是嶄新的現代大樓，會令人以為是飯店或高級公寓，而非醫院。玻璃帷幕的出入口十分氣派，一進門發現大廳也寬敞得驚人。櫃台有一排很像銀行ATM般的機器，看起來是由那些機器告訴患者在接受治療之前要辦哪些手續、及預約掛號。

患者在那些機器裡插入卡片，按著觸碰螢幕辦理手續。有些老人家就連在銀行使用這樣的機器都會不知所措了，在這裡豈不會迷惘嗎——百合根忽然這麼想。畢竟會上醫院的，再怎麼樣還是以老人家居多。

機器後面是巨大的櫃台。櫃台前是一排排數量龐大的椅子，還以為是走進劇場。櫃台裡穿著制服的職員面無表情地忙碌著，他們的樣子也一樣令人聯想到銀行而不是醫院。只不過，和銀行不同的是工作人員態度非常冷漠，百合根覺得這氣氛跟某個地方很像。他想了一會兒終於想起來了，是類似外務省等國家級公務單位的窗口，有濃厚的官僚主義味道。

「那要先去哪裡呢？」市川說。

「首先得見主治醫生吧。」百合根回答，赤城馬上接口說：「醫生可能會說謊，帶黑崎和翠去。」

市川一臉訝異：「怎麼說？」

百合根他們稱黑崎與翠的組合為人肉測謊機。人在說謊時，心率會發生變化，也會流汗，傳統的測謊機就是以電子學的方式來檢測人體的這類變化，新型的測謊機則是以電腦來分析心率的變化，套上公式計算，更加準確。

翠能聽到人類心率的變化，而黑崎則聞得出汗味和腎上腺素等微量亢奮物質。當然，這不能作為證據，但能夠十分準確地指出誰在什麼時候說的哪幾句是謊言。

然而，要向市川說明這些實在很難。

「呃，他們受過特別的訓練，可以看出說謊的行為。」

「這樣的話，刑警也一樣。」壕元挑釁地說，「刑警就是為了拆穿謊言而不斷累積經驗。」

赤城完全不理壕元。

「我要和菊川一起到初診和內科櫃台去，追蹤被害者曾走過的路程。」

百合根對赤城的態度感到不解。

「為什麼？要和醫生談的話，你在比較方便啊。」

赤城板起了臉：

「如果他們兩個還不夠，就帶山吹一起去。憑山吹的藥學知識，他應該都懂。」

赤城的態度，由不得百合根再反對。果然是因為畢業於京和大學醫學系的關係嗎？赤城理當認識很多這家醫院的醫生吧，也許他不想詢問認識的醫生。

於是，赤城和菊川再加上壕元三人一組，決定兵分兩路查訪。

百合根帶著不解的心情，前往櫃台，有一個窗口寫著「詢問處」，市川對那裡的櫃台小姐說：「我們想找平戶憲弘醫師。」

「要看診的話，請到初診櫃台遞交介紹信。」態度果然很冷漠。

「不，不是的，我們是有事想請教。」市川出示了警徽。

身穿制服的櫃台小姐訝異地看著警徽，一般人還是對警察手冊比較熟悉。

「哦，是警察嗎？」即使如此，櫃台小姐態度依舊冷漠，「有約嗎？」

「沒有，沒有約。」

警方查訪極少事先預約，因為臨時造訪才有效果。

「這樣的話，不知道能不能見到。」

「能不能麻煩妳先幫忙通報？」

櫃台小姐一臉嫌麻煩的表情，好不容易才伸手去拿內線電話的聽筒。

過了一會兒，她放下聽筒後說：「請到內科五號診察室。」

市川問：「請問內科診察室在哪裡？」

櫃台小姐拿出一小張醫院平面圖影本，用紅筆畫出路徑，遞給市川。

「從那邊的電梯上二樓。」她的表情始終沒變。

翠邊走向電梯邊小聲對百合根說：「光是看她那張晚娘臉，病情就會惡化。」

百合根點點頭，「這裡的氣氛的確無法讓患者放鬆。」

「看來應該是這裡的職員，更需要被治療吧。」山吹說。

翠懶洋洋地說：「那你去跟他們講啊。」

經過大批患者等候的走廊，穿過內科診察室的門簾。門簾後是一道短短的走廊，兩旁是兩排拉門。市川在寫了大大的「5」的診察室敲了門。

「請進。」一名男子的聲音傳來。

一位戴著眼鏡、看來個性敦厚的醫生坐在椅子上，迎接百合根一行人。原本有一位護理師旁邊站著，但醫生請她離開後，她便從另一個門出去了。

敦厚的眼鏡醫生顯得很驚訝，百合根覺得也難怪他這樣，因為竟然一次有五名警方人員到訪。

黑崎的長髮在腦後綁成一束，翠則是照例穿著突顯胸部和大腿的性感服裝，山吹剃光頭，他們三人和一般警察的形象相差了十萬八千里。

「您是平戶憲弘先生吧？」

平戶沉著地點頭。

「是的，幾位是為了那名死於TEN的患者來的吧。」

果然不是說患者的名字，而是說病名——百合根在心裡想。

平戶雖然瘦，但並不讓人覺得神經質，整體印象是沉穩的，多少有幾分人味，但畢竟是大學醫院的醫生，記的不是患者個人的名字，而是病名。

警方非常看重個人的名字，在調查犯罪上，個人的名字是一項重大要素，所以絕大多數的刑警對於案件的涉案人不僅要掌握其屬性，也要清楚人名。百合根還以為醫生應該也是這樣，即使是同樣的疾病，但每個人出現的症狀應該會有所不同吧，抵抗力和體質更是人人各異。然而，從這家醫院的情況來看，他開始覺得也許那是不可能的。一位醫師一天要看的患者恐怕不止十幾二十個，再加上還有住院患者，應該也還要在大學裡講課。

醫師坐在椅子上，百合根等五人站著，診察室裡沒有客用椅子，市川站著就開始發問。

「負責診治武藤嘉和先生的，就是您吧？」

平戶醫師點點頭答：「是的。」

「武藤先生的病名是？」

「最先來院的時候，是流行性感冒。」

「所以你開了抗生素和退燒藥。呃，叫什麼藥來著？」

「Cefcapene Pivoxil 一百毫克錠劑以及 Diclofenac Sodium。」

百合根回頭去看山吹，要確認與他們手上的情報是否相同，山吹點點頭。

市川繼續發問：「這樣的處方沒有錯嗎？」

「我想在那個時間點是沒有問題的。對流感患者開抗生素和解熱消炎藥，是每一家醫院的每一位醫師都會做的事。」

百合根偷偷去看山吹的反應。山吹半閉著眼聽平戶醫師說話，黑崎和翠也沒有什麼特別的反應。

「你知道武藤先生有藥物過敏？」

「是的。」

「對藥物過敏的人開抗生素和解熱消炎藥處方，你認為是正確的嗎？」

「我指示患者若出現過敏症狀，就停止服藥。」

「但是，武藤先生結果卻是因為那些藥而死亡。」

「這件事，在醫院內的審議會和民事法庭也都說明過了，SJS、TEN的誘發機制，目前還不明朗，因此不能斷言藥物處方有錯，無法證明是因為哪一種藥物誘發的，原因也可能是患者在家中自行服用市售的感冒成藥。」

「武藤先生在家吃了感冒成藥嗎？」

「這個我不知道。但是，一感冒就先吃感冒成藥，這是很普遍的情形吧，或許武藤先生也吃了。」

「您沒有問過嗎？」

「這個，麻煩去問初診的醫師，至少病歷上沒有這樣的紀錄。」

「您什麼時候發現武藤先生是SJS的？」

「正確地說，不是SJS，是TEN。」

「您是什麼時候發現是TEN的？」

「這個，我在民事法庭上說過了。」

「我們想聽您親口再說一次。」

「被救護車送進來以後。」

「那時候，您在醫院裡嗎？」

「被送進來的時候不在，我是接到值班醫師通知才趕來的。」

「那是什麼時候？」

「這個嘛，我想是半夜一點左右。」

「然後您做了什麼？」

「治療啊。」

「什麼樣的治療？」

「患者說呼吸困難後就失去了意識。由於氧氣不足，便讓他吸氧，但情狀沒有改善，便進行氣切。將人工氣道插入氣管，改以呼吸器輔助呼吸。但是，肺與支氣管組織本身也已遭到侵蝕，患者沒能恢復意識便死亡了。」

「這是治療TEN的正確方式嗎？」

「目前沒有所謂TEN的正確療法。由於不知道是什麼藥物引起過敏，若再開藥，可能會使症狀惡化，我們只能觀察病情的變化。」

突然，剛才護理師走出去的那道門開了，一名中老年穿著白衣的肥胖男子走進了診察室，平戶頓時緊張地站起來。在此之前，他自己坐在椅子上，讓百合根等人站著也不以為意。

中老年的白衣胖子對百合根等人視而不見，語氣嚴厲地對平戶說：「你在幹什麼？」

「回答警方的問題。」

「沒必要！你這麼閒啊？」

「不好意思。」市川插進了他們的對話。

「抱歉，請問您是？」

「真的是很沒禮貌。」白衣胖子看著市川，眼神中滿是鄙夷，「憑你也配來問我？」

平戶慌張地代他回答：「這位是內科主任教授大越醫師。」

「可以告訴我們全名嗎？」

大越根本不理。平戶說：「大越隆太郎醫師。」

「那麼，請問剛才說沒有必要回答是什麼意思？」

市川語氣極其平穩，淡淡地問。大越不理他，對平戶說：「要巡房了，跟我來。」

「是。呃，可是，門診的患者……」

「你都有閒功夫跟這些人瞎攪和了，跟我來。」

「是。」

百合根對於大越蠻橫的態度，驚訝遠勝於生氣。

市川說：「請等一下，我們還沒有談完。」

大越看著市川說：「在這家醫院裡，沒有任何事比我的吩咐優先。」

「我認為警方辦案不包括在內。」

「只是警方擅自來問話的吧，既然這樣，我們根本沒有回答的必要，去找公關部，想問什麼就拿法院的命令來。好了！平戶，走。」

顯然除了自己，他誰都瞧不起。

平戶向市川微一點頭，就隨著大越走了。

百合根一行五人被留在診察室裡。過了一會兒，來了一個年輕醫師，看到百合根他們，眨了眨眼，說：「咦？你們是患者嗎？」

「你是？」市川問。

「平戶醫師的代打啊，我是小山。」

「代打？」

「呃，病歷在哪裡咧？」

這個自稱小山的年輕醫師一屁股在椅子上坐下，開始在桌上找東西。他還不脫學生氣質，頭髮看來是剛剪，劉海幾乎是齊的，很像是所謂的小呆瓜頭。

「我們不是患者。」

市川這麼說，小山便愣了一下，直盯著市川，之後又依序看了百合根、黑崎、山吹，最後視線暫停在翠身上。

「不是患者的話……」

市川出示了警徽。

「我是警視廳品川署的警察市川，我們剛才在向平戶醫師請教一些事情。」

「哦。」小山的視線一度離開市川，然後再次看著市川說，「就是那件事吧，患者家屬提告……」

「你經常像這樣代替平戶醫師看診嗎？」

市川開始發問。沒辦法問平戶，立刻改變目標，開始問小山。百合根心想薑是老的辣。

「也不是經常啦，就偶爾，因為平戶醫師很忙，又是主任教授的愛將……」

「你是說大越醫師嗎？」

「是的。」
「不好意思，可以請教你的全名嗎？」
「小山省一，實習醫師。」
百合根心中暗自「哦！」了一聲。大多數人一被警察問起姓名，都會露出緊張的神色，即使沒有做任何壞事，也不願意被警方問起名字，然而這小山省一卻答得面不改色，而且連警方沒問的職稱都說了。
然而，百合根立刻想到，醫院這種地方，有不少時候要與警察打交道，例如患者出車禍、因暴力事件受傷或是非自然死亡，都得通知警方前來，小山也許已經習慣與警察接觸了，百合根這麼想。
市川繼續發問：「你知道武藤嘉和先生嗎？」
「不清楚。」
「不清楚，意思是稍微知道嗎？」
「見過。」
「你替他看過診嗎？」

「我被交代不准回答這類問題。」

「這類問題是指？」

「就是……萬一被告時，在法庭上可能會對院方不利的問題。」

「是誰交代的？」

「這我也不方便回答。」

市川點點頭。

「好吧，等到變強制搜查時，就算不願意也非得回答不可了。」

「真討厭，說得好像我是什麼嫌犯似的。」小山苦笑，市川也報以沉著的微笑。

「是誰下的封口令？」

「說封口令也太誇張了，再怎麼說這家醫院也是有法務部，為了應付醫療訴訟所設的。」

「換句話說，醫院的政策就是不准員工對警方多嘴是嗎？」

「就說沒那麼誇張……」

「那我好心提醒你，」市川說，「你最好還是跟警方配合，因為誰也不曉得以後會怎麼樣。」

「這只是形式上的調查吧？」小山說，「反正最後也不會起訴吧？」

「是誰說的？」

「大家都這麼說啊。」

「大家是指？」

「醫局（編按：日本大學附設醫院裡特有，以各科教授為首的組織，負有教育、研究、診療和人事管理之功能，雖無法律上的效力，卻掌握著組織內相關人員昇遷之權力。）的人啊，行政人員之類的。」

「還真是毫無根據的說法呢。」

「可是，連大越醫師也這麼說過。其他醫師都說，既然大越醫師這麼說，那就一定不會了。」

「可別小看刑事案件吶。」

「我沒有啊，像這種醫療糾紛除非是特別離譜，否則是不可能告得成。

不然要是每個人都來告一下，那全日本到處都有醫生要被抓去坐牢了啦。」

「我倒認為應該這樣。」山吹開口。

小山吃了一驚，往他那邊看。

「你，是和尚嗎？」

「對，簡單來說我是僧人沒錯。」

「和尚在醫院晃來晃去，不太好吧？」

這句話，看樣子是開玩笑。即使被市川逼問，他還是有心情開玩笑，因為他真的認為不會有任何人被逮捕、起訴吧？也許他就是這麼相信那個大越教授，百合根心想。

小山問山吹：「你說應該這樣是什麼意思？」

「這是與醫德有關係的問題。讓患者在候診室等好幾個鐘頭，然後開一堆藥，認為這些都是理所當然。」

聽到這裡，小山的臉色有點變了。

「這輪不到和尚來批評吧。和尚才是拿宗教當幌子，背地裡只想著怎麼賺錢不是嗎？」

「那麼算是各有千秋吧。」

山吹技巧性地迴避了爭論，然而百合根覺得山吹這句話並非沒有意義。因為小山的態度有一瞬間明顯變了。在那之前，他冷靜得幾乎可以說是漠然，但對山吹那句話卻帶有一絲怒氣。

市川似乎決定以山吹的話為句點，結束查訪。

「也許以後會再見面。」市川這麼說，走向出口。

小山又恢復了原來的樣子，一副膽小怯懦、不知人間疾苦的少爺模樣。

一走出診察室，百合根便問翠：「平戶醫師表現如何？」

「很難斷定他是在說謊，但也不能說完全坦白。他的心率發生過兩次變化，一次是被問到知不知道武藤先生會過敏，一次是被問到何時發現是TEN的時候。」

翠看向黑崎，他點點頭，然後開口說：「在說患者被救護車送達之後院方的處置那一段，他一直很緊張。」

幾乎不説話的黑崎都這麼説了，可見得這應該是很重要的一點。

「搞不好，平戶醫師當時並不在場。」山吹説。

市川問山吹：「這是什麼意思？」

「講師級的人不可能會值夜班。我雖不知道他住在哪裡，但就算接到值班醫師的聯絡，恐怕也未必會趕到醫院。」

「他是主治醫師，當然會趕過去吧？」

「也可能會在電話裡下指示。畢竟講師級的醫師非常忙碌，他們所負責的患者也多得驚人。」

「再怎麼忙也不應該……」市川難以釋懷，「碰到患者已經一腳踏進鬼門關時，會盡全力趕過來解救，這樣才叫醫生不是嗎？我一直相信醫生應該是這樣的。」

山吹微微一笑。

「市川先生很少上醫院吧？」

「嗯，是啊，我只有身體硬朗算得上強項吧。就算感冒，喝了蛋酒睡上一覺就好了。」

「愈少去醫院的人，對醫生愈會懷著幻想。」

「幻想？」

「是的，幻想。」

「先別管這些，」翠打斷了兩人的對話，「那個實習醫師小山……」

百合根問：「他怎麼了嗎？」

「你不覺得他太冷靜了？」

「對，」百合根點點頭，「我也有這種感覺。」

「一般聽到警察來問話，多少都會緊張、心跳加速。可是，他的心率幾乎沒有變化。」

百合根問黑崎：「你也這麼覺得嗎？」

黑崎似乎在想些什麼，過了一會兒，才默默點頭。

百合根說：「大概是認為自己和案件無關吧。實際上，也可能真的沒有任何關聯。而醫院與警察的接觸也很頻繁，也許他是看慣警察了。」

翠想了想，然後回答：「是吧，也許就像頭兒說的。」

市川說：「有必要調查平戶住在哪裡。就像山吹說的，他可能沒有趕到醫院，特別是住得遠的話。」

百合根點點頭。

「去問醫院的人事處吧。」

五人搭電梯來到一樓。

一想到又得去跟那晚娘臉的櫃台職員說話，百合根就有點憂鬱。

6

市川來到「詢問處」的窗口，問要去哪裡才能得知平戶的住處。櫃台小姐的態度比剛才更差了。

這時候赤城他們來了。

百合根問赤城：「怎麼樣？」

赤城以事務性的口吻回答：

「和患者的太太說的一樣。武藤嘉和二月五日來辦理初診，當天到內科看診，二月八日複診，那時候預約了二月十日的皮膚科。」

「這麼說是沒問題了？」

「不，有一個地方我覺得奇怪。」

「什麼地方？」

「就是複診的時間點，為什麼沒有當天就讓他接受皮膚科的診療，而是預約兩天之後。」

「應該是人很多吧？」菊川環視四周，四處都是前來求醫的病人。「有這麼多患者……」

百合根問這時候回來的市川：「知道平戶醫師的住址了嗎？」

「不，她們說負責人事的人不在。怎麼可能不在，而且只要有人願意翻翻資料就知道的事，可以感覺是醫院上下聯合起來拒絕提供協助。」

「平戶醫師地位那麼高，只要他說一聲，皮膚科應該就會立刻接手診察。」赤城回到了原先的話題，「這麼一來，患者也許就不會死了。」

市川問赤城：「你確定嗎？平戶醫師可以當天就安排武藤嘉和看皮膚科嗎？」

「可以的。」

「顯然有必要問問平戶醫師為什麼沒有這麼做了。」

赤城突兀地說：「平戶住在川崎。」

「川崎？」

「他住溝口。你們不是想知道平戶住在哪裡嗎？」

「你怎麼會知……」說到這裡，百合根想到，「哦，赤城是這裡的醫學系畢業的嘛，你也認識平戶先生嗎？」

赤城還沒回答，就聽到一個人大聲嚷嚷著，百合根便朝那個方向看過去。

「你們搞什麼，還在這裡亂晃？」

是大越教授。他帶領著平戶以及幾名年輕醫師和護理師朝百合根他們走過來。

「我們沒有必要回答警方的問題。好了，趕快給我回去。」

平戶在他背後說：「赤……城。」

「嗯？赤城？」

大越教授看向站在百合根和菊川旁邊的ST組員，最後，將視線停在赤城身上。

「你在這裡幹什麼？」

赤城不肯和大越視線相對。

「回答我的問題，你怎麼會在這裡？」

赤城一臉忍受痛苦的樣子，額頭上甚至冒出汗來。

百合根說：「他是我們的組員。」

「我們？」大越像是看到什麼蟲子似地看著百合根說：「你又是什麼東西？」

「警視廳科學特搜班，他是負責法醫學的專家。」

「原來，」大越冷笑一聲，「你夾著尾巴從我這邊逃走，躲到法醫學的石上那裡去了嘛。一群喪家犬互舔傷口，到頭來只能去給警方做牛做馬。」

赤城什麼都沒說，將視線撇開，苦苦忍耐。

大越的大嗓門，引起一樓的患者和職員注意。

「赤城，」平戶說，「你會參與這個案子，是出於個人的情感嗎？」

赤城什麼都沒說。百合根代他回答：

「不是的。最先是法院委託赤城當鑑定醫師。在接受委託之前，鑑定醫師是不會知道審理的內容的。」

平戶沒有再說什麼。

「我們先走吧。」菊川看了大廳的氣氛說，「反正很快就會再來的。」

＊

一回到品川署狹小的會議室，市川便問赤城：「究竟是怎麼回事？醫院裡的那群醫生說的是什麼意思？」

百合根趕緊解釋：

「啊，其實，赤城是畢業於京和大學醫學系。」

「真沒想到……」市川毫不掩飾他的驚訝，揚起一道眉毛側眼看著赤城，那動作簡直就像早年的好萊塢明星。

「還真是頭一次聽說，」菊川不高興地說，「為什麼要隱瞞？」

百合根慌了：

「沒有刻意要隱瞞，只是沒有機會說，也不覺得有必要提出來……」

「當然有必要！」壕元語帶諷刺地說，「他在大學醫院裡一定有很多認識的人吧，很可能為了這些人，在調查上放水啊。」

菊川明顯露出厭惡的表情，卻似乎無法反駁。

市川說：「壕元說的對，你在醫院裡應該有很多朋友吧。剛才不就遇到認識你的人了嗎？這對調查不會有影響嗎？」

「不會。」赤城肯定地說。

真的沒有嗎？百合根心裡也持疑。赤城一開始就對這個案子很執著，看他剛才和大越的應對，很難說完全不夾帶著個人恩怨。

然而，站在ST管理者的立場上，這時候他必須出面捍衛赤城。

「這次的調查，需要赤城的專業知識，也是因為這個緣故，ST才會參與。」

菊川說：「如果事先知道，可能就會再多考慮一下了。說起來，醫療訴訟的時候，法院怎麼會選赤城當鑑定醫師的？既然是畢業自京和大學醫學系，一般應該會先排除才對吧。」

「這和畢業學校及服務單位無關。」赤城說，「鑑定醫師的任務，就是純粹針對醫療技術和醫德來提供意見。醫生都很忙，很難有空擔任鑑定醫師，所以法院才會來找我。」

「那次民事判決的結果，你很不滿意吧？」市川問。

赤城毫不遲疑地回答：「不滿意。」

市川陷入沉思。

事前還是應該先和菊川商量一下才對的——百合根很後悔。

「大越說你夾著尾巴從他那裡逃走，是怎麼回事？」

壕元一臉不懷好意地問。

赤城冷冷地回答：「這和案子無關。」

「難講吧？要是你的私怨擾亂了調查，我們可吃不消。」

的確，這次赤城有點放不開，且恐怕從民事訴訟那時候就一直是這樣。然而，百合根相信赤城不會感情用事以至於公私不分，所以壕元這句話實在不能原諒。

「他不會擾亂調查，今天在醫院裡不也刻意迴避了平戶醫師？」

「這不正表示是有影響？」壕元緊咬不放，「本來誰去哪裡查訪都沒有問題才對吧。」

「ST不是警察，辦案時，ST的工作是輔助、支援調查員，所以我不認為調查會因為赤城的關係受到影響。」

「好官僚的說法啊。」壕元偏執地笑著，「但是，在實務上可行不通。」

百合根想嗆回去。

「夠了！」市川出聲，「這時候，不能叫赤城迴避調查，這次的案子也的確需要赤城的專業知識。」

這句話，讓百合根為自己的一時激動感到丟臉。

我怎麼能失去冷靜呢……

市川接著又說：「再說，既然是那所大學的醫學系畢業的，一定也很了解內部狀況吧，這也可以算是我們的優勢。菊川先生，你認為呢？」

菊川還是苦著一張臉：「既然品川署這麼說了。」

儘管疙瘩還在，但事情總算是過去了。

大家個別報告了這一天的狀況，情報交流後，便結束了會議。百合根深怕和菊川兩人獨處。

＊

一走出品川署，果不其然，菊川就朝百合根走來。

「警部大人，有點話要跟你說。」

百合根也只能硬著頭皮答應了。就結果而言，他是隱瞞了赤城畢業於京和大學醫學系這件事，要是被菊川抱怨他也只能認了。

菊川還說：「赤城，你也一起來。」

赤城什麼都沒說。

菊川帶著赤城和百合根來到附近的居酒屋。那是一家隨處可見的大眾居酒屋，典型的上班族下班會去喝一杯的地方。因為時間還早，店裡沒什麼人，或者是不景氣的關係所以沒客人也說不定。除了吧台座外之外，還有四張桌子，菊川選了最裡面的那張。

「來，喝個啤酒吧。」

這句話，有如暴風雨前的平靜，令人心裡發毛。百合根像個靜候大人教訓的孩子般畏縮著。

生啤酒一來，菊川點了幾個下酒菜，稍稍舉起啤酒杯。百合根只喝了一口。

「壕元那傢伙真是討人厭。」菊川說。

百合根決定默默聽他說話，覺得自己挨罵也是應該的。

「警察當中有很多那種人，隨時都在找對象發洩自己放棄晉升的鬱悶，所以一發現身邊的人的痛處，就以戳別人的痛處為樂。但是啊，我認為那傢伙說的也沒錯。」

赤城一句話也不說。

「大越的話也讓我很好奇，你和大越之間出過什麼事？如果你願意說，那就再好也不過了。」

出乎意料的發展，反而讓百合根不知如何是好，他一心以為他會挨罵。

赤城說：「我說過，和調查無關。」

菊川點點頭。

「的確沒錯，但是知道一下也不會吃虧。不過，如果你不願意說，那就算了。」

赤城還是沉默了，百合根也什麼都不敢說。

菊川拿起送上來的烤雞串，咬了一口後，直盯著竹籤上剩下的雞肉看。

赤城總算開口了：「大學的醫學系裡，有個叫醫局的組織。」

「醫局？不是指醫生在醫院裡的辦公室嗎？」

「大學醫學系的醫局，意思不太一樣，在這裡是代表嚴格的師徒制度，一個以主任教授為頂點的金字塔。無論哪科醫生，都無法脫離醫局的影響。」

赤城訥訥地開始說：「支撐位於頂點的主任教授的，是一群教授，教授下面有講師，再下去是沒有頭銜的年輕醫師和實習醫師。教授之間也有派系，甚至可以說，跟哪一個教授就決定了一個醫生的將來。」

「跟警察差不多嘛。」菊川喝了一大口啤酒後說，「警視總監底下有警視正，再來是警視，再下面有警部，和一大票警部補跟巡查部長，底下是更多的巡查。簡單地說，就是金字塔。」

赤城點點頭。

「日本的公司組織也是一樣。可是，我本來以為醫生是可以更自由地進行診療。事實上，只要一天當醫生，就一天逃不出醫局的魔掌。」

「那是還在大學的期間吧？」

「不。不管你到哪家醫院工作，你所屬的醫局都會永遠跟著你，到小型的民間醫院工作也一樣。」

「為什麼？」菊川驚訝地問，「獨立以後就無關了吧？」

「幾乎全日本的醫院，都是以醫生畢業的大學分派系。醫局甚至擁有人事權，可以指派哪個醫生到哪家醫院，換句話說，主任教授甚至掌控了人事權。要找工作，就只能靠醫局，每家醫院都想要優秀的醫生，所以醫生永遠都不能得罪醫局。」

「真是太驚人了！我都不知道原來有這種組織架構。」

「留在大學醫院裡的醫生能不能出人頭地，全都靠主任教授的一句話，一旦被主任教授討厭了，一輩子都不能出頭。不能從事研究，也就寫不出論文，拿不到學位。」

「醫生的世界也好麻煩啊。」菊川點了一壺日本酒，自斟自飲起來。

「那，你和大越之間出了什麼事？」

「就像他說的那樣，我夾著尾巴從他那裡逃出來，就這樣。」

「我想知道具體的內容。」

「實習醫師有兩種方式。一種是在一科待兩年，另一種是幾個月就換一次到各科輪修，京和採用的是後者。我在內科研修的時候，不知為何被大越盯上，研修一結束，就要我去內科。當時，大越還只是教授，是另一個主任教授在主持醫局。」

說到這裡，赤城停下來，喝了一口已經完全沒泡泡的啤酒。

「當時的我，要當醫生有一個致命的缺陷，我以為在上大學之前就已經克服了，但原來那是無法完全克服的。」

「你說的致命的缺陷是什麼？」

「我有社交恐懼症，偏偏內科問診的比重很高，必須和患者交談，這對當時的我來說非常痛苦。實習的壓力使我的症狀惡化，我知道我無法當內科醫生，所以就沒有去內科。大越教授認為我忤逆他，大發雷霆，也因此學校內沒有一處的醫局容得下我，都是大越教授搞的。」

的確，有社交恐懼症要當內科醫師應該會非常痛苦。不，不僅內科醫師，待在大學醫院裡一定苦不堪言。百合根也是頭一次聽說醫局的事，他很難想像有社交恐懼症的赤城在醫局裡能混得很好，年輕時的他恐怕被打壓得很厲害。

「沒有比失去歸宿的實習醫師更悲慘的了，就算熬過兩年的實習，也找不到工作，這些傳聞立刻傳遍整個醫院，我覺得每個人都在嘲笑我，好像所有的護士都瞧不起我。」

赤城淡淡地接著說，然而要能如此冷靜地談起這些，恐怕得花上相當長的時間吧。如今，他的社交恐懼症已經大幅改善，但仍殘留著恐懼女性的症狀。

百合根心想，原因一定出在護士。醫院裡有為數眾多的護士，人數比醫生多得多，而實習醫師大多都是二十出頭，多少還會在意異性的年紀，赤城的自尊心在這個時期被粉碎了。想必不可能所有的護士都瞧不起他，但最重要的是，赤城自己這麼覺得。一開始，百合根聽說赤城有女性恐懼症時，還以為是開玩笑，原來他有這樣一段過去。

菊川以若無其事的語氣要他說下去。

「那麼，你怎麼做？」

「當時，有一位獨自研究法醫學的教授，石上拓三老師，他真的是獨來獨往。當今法醫學界沒有人不知道他的大名，但當時他還默默無聞，就是那位教授收留我的。」

百合根覺得他終於理解赤城為什麼想以獨行俠自居了，一定是因為他敬佩這位石上拓三教授，而暗自在心裡決定要像他崇拜的教授一樣，當個獨行俠。

菊川問百合根：「警部大人，這些你都知道嗎？」

「不知道，」百合根老實回答，「第一次聽說。」

「你應該要多了解部下一點吧？」

「對不起。」

看百合根低頭道歉，赤城說：「我到這邊來之後從來沒對任何人說過，連ST的同伴都不知道，我也幾乎不知道組員的過去。」

菊川皺起眉頭：「你們這群人真是有夠怪的。」

「如果頭兒是那種會到處打聽刺探我們私事的人，ST早就撐不住了。」

百合根不知道該怎麼解讀赤城的這句話。根本由不得他打聽刺探，事實上，是他被他們耍得團團轉。

「那麼，」菊川繼續問赤城，「這次的案子並沒有個人恩怨牽扯在內吧？」

「也許有吧。」

「你說什麼！」

「一個不該死的患者死在京和大學醫院，這讓我感到很懊惱。」

菊川又在自己的酒杯裡斟酒。百合根遲疑著不知道是不是該幫他倒，最後還是沒出手。

「如果只是那樣，就不叫做有個人恩怨。刑警也差不多，就說發生一件命案好了，刑警要去見被害者的家人，打聽他的人際關係，慢慢的就會把感情投入在被害者身上，對兇手恨之入骨，因此我們才會像獵犬一樣追緝兇手。」

赤城默默地聽著菊川的話。

在短暫的沉默之後，赤城說：「我討厭不重視患者的醫療現場，所以才逃到警察這邊來，從這個觀點來說，也許我對大學醫院還是餘恨未消。如果這會造成問題，請讓我退出調查。」

菊川看著百合根：「警部大人覺得呢？」

百合根得想一下。現在不能讓別人覺得我優柔寡斷，他這樣告訴自己，然後斷然說：「我不會讓赤城退出，這次調查需要赤城。」

菊川盯著百合根看了好一會兒，百合根忽然覺得好不自在，坐在椅子上屁股不斷扭來扭去。終於，菊川說了：「好，既然警部大人這麼說，我沒意見。」

真令人意外，菊川是真的同意嗎？

赤城緊閉著嘴，望著手邊的啤酒杯。

7

「拿到病歷了。」第二天的會議上，市川說，「可是，這病歷寫的是什麼外行人根本看不懂。赤城，可以請你看一下嗎？」

赤城開口：「民事的時候已經看過了。」

「請幫我們說明一下上面寫了什麼。」

赤城拿起病歷，開始說明。

「首先，負責初診的醫師記下了症狀：發燒，食欲不振，然後也記下了體溫，三十九．五度，還寫了疑似藥物過敏。」

「等一下！」菊川說，「這病歷是透過什麼管道取得的？」

市川回答：「民事訴訟的時候，家屬委任的律師聲請了證據保全，這是當時醫院所提出的。」

「所以是從律師那裡來的？」

「對。昨晚壕元到律師那裡去要來的。」

「不太妙，這不是經醫院同意提出的吧？」

菊川瞪著壕元。壕元露出輕蔑的笑，說：

「用不著在意，反正是保存在家屬這方。」

菊川不理壕元，轉向市川說：「現在馬上向法院申請扣押令，在單子下來之前，就當作這份病歷沒有在這裡出現過。」

市川立刻發現菊川指出的問題點。

「說的也是，我們太不小心了，這樣做確實會有危險。」

百合根也注意到了。這份病歷不是醫院應刑事案件的調查配合提出，也不是因法院命令下的扣押品，只不過是家屬在民事訴訟時因證據保全而拿到，並不符合刑事案件的調查程序，就算在這份病歷上找到疑點，醫院方的律師只要在法庭上主張我方是以不當手段取得，恐怕就會失去作為證據的效力。

百合根也正準備要說，如果菊川沒指出這點的話。

「我太大意了，抱歉。」市川再次說，「我馬上安排，在那之前就當作這份病歷不存在。」

「有什麼關係，」壕元說，「原則上病歷是公開的吧，既然如此應該沒有問題才對。」

「病歷公開還沒有制度化，」赤城說，「目前被視為醫院的所有物。」

「反正又不會起訴，這病歷也已經在民事法庭上審理過了吧？」

菊川瞪著壕元說：「同樣一句話你去對檢察官說說看。」

壕元毫不在乎：「就算病歷被改寫過了，也不能處刑事罰則啦。」

菊川有點不確定，問赤城：「真的嗎？」

赤城點頭：「醫師法規定，醫師有義務當場記錄治療內容，但是對於改寫與謊報並沒有罰則。」

「意思是說，醫生亂寫也沒關係？」

「說得極端一點，是這樣沒錯，這點也導致累犯醫師的增加。」

「累犯醫師是指不斷出現醫療疏失的醫生對吧？」

壕元一臉得意地說：「會有累犯醫師，就代表醫療疏失不會成為刑事罰責的對象，只能靠民事來解決，可是民事法庭又已經判醫院沒有責任了，現在只是在消化比賽啦。」

「社會在變，」赤城說，「醫療事故現在已經成為社會問題，醫療體系已受到社會大眾的質疑。」

「這我當然知道。」壕元說，「厚生勞動省終於開始有動作了吧，包括取消醫師執照在內的行政處分，以反應在刑事案件以及民事判決的結果上。」

百合根感到意外，看來壕元做了不少功課。

壕元繼續說：「可是，另一方面，厚生勞動省準備導入的醫療機構事故報告制度，一開始我還以為會訂為義務，但很可能會變成主動提報，這是因為遭到醫生的強力反對，到頭來，事情還不是會照醫生的意思去走。」

赤城無法反駁。

壕元身子整個向前傾，接著說：「我也不是笨蛋，說話不會無憑無據，我只是說，這是一場沒有勝算的比賽，不過呢，無論醫生的世界現況如何，跟我們的工作都沒有關係就是了。我們平常就夠忙了，可以的話，我是希望撤消這類刑事告訴。先不管我們有多忙，現在日本警方的犯罪檢舉率才只有二十年前的三分之一，眼看著就快要低於百分之二十了，醫療的事就交給厚生勞動省吧。」沒想到壕元口才不錯。就像他本人說的，他顯然不是笨蛋，百合根能想像他為了讓自己站在有利的立場，不惜辛勞到處研究調查。

「我們沒有資格挑選工作。」菊川說，「凡是交給我們的工作，由不得我們擅自判斷重不重要。你別搞錯了，就算醫師法不能在刑罰上究責也沒關係，我們現在調查的是刑法的業務過失致死。」

「我是說趕快把案子結束。」壕元說。

「對，我也是這麼認為，所以不就在這麼做了嗎？為了趕快把案子結束，就要認真調查。」

氣氛變得很僵。市川打圓場般說：「總之，我會先去法院申請扣押令。」

赤城說：「麻煩也要申請扣押收據。」

「收據？」

「正式名稱叫作診療報酬明細單，就是保險給付醫療費用的申請書。看收據，就知道做過什麼治療，還有用藥的處方箋。」

「民事的時候證據保全不是都有了？」

「醫院說要找出處方箋是不可能的，每天都有為數龐大的處方箋來來去去，不得不同意醫院堅稱無法找出特定一張處方箋的說法。但是這次是刑事案件，只要有法院的命令，醫院就非找出來不可。」

「知道了。」市川抄下來，「呃，診療報酬明細單和處方箋是嗎？那我這就去安排。」市川說完便離席。

菊川對赤城說：「好了，現在要去查訪，不過我想醫院的警戒還是很強，該怎麼辦？」

赤城想了想：「有必要聽聽當天晚上送被害者到醫院的救護人員怎麼說。」

菊川點點頭，然後對壕元說：「麻煩幫忙跟轄區的消防署接洽。」

「只要您吩咐一句，我無不遵命。」

「立刻辦，你很想趕快結束工作吧。」

壕元取出手機。不知從何時起，調查員用手機的頻率比桌上的電話高了。

壕元打電話給消防署的期間，菊川不知在想什麼，赤城也雙手交叉架在胸前思考，青山、翠、黑崎、山吹等四人，一副局外人的樣子，聽著刑警們的交談。

上次的調查會議中，曾報告過平戶醫師談話的內容，但發問時翠和黑崎觀察到的事，還沒有告訴赤城和菊川。

百合根說：「我想針對平戶醫師可能說謊或有所隱瞞這一點來討論。」

赤城看著百合根問：「翠和黑崎這對人肉測謊機的發現嗎？」

「是的。」

壕元一臉訝異。

翠說：「就我的記憶，他的心率有兩次出現變化，是被問到是否知道被害者過敏，以及何時發現TEN，這些應該和黑崎感覺到的一致。」

赤城問黑崎：「沒錯嗎？」

黑崎點頭。

「換句話說，平戶在被問到這兩個問題的時候，處於緊張狀態。」赤城邊沉思邊說。

菊川對赤城說：「也就是說，平戶可能本來不知道被害者過敏？」

「是有這個可能。」

「但是你剛才不是提到了嗎？負責初診的醫生在病歷上寫了過敏一事。」

百合根提醒：「病歷的內容不算。」

「也對。呃，根據某一情報來源，過敏的事情平戶應該是知道的，否則很奇怪。」

「對。患者是由負責初診的醫師依症狀轉至各科門診，病歷是在這時候製作出來，隨著患者一起到門診，否則病歷就失去其意義，而病歷上所記載的內容，負責診療的所有醫師都要看過確知，否則也沒有意義，不止醫師，相關作業員也必須理解。」

菊川問：「作業員？」

「在大學醫院等會將病歷、傳票、處方箋等醫師診療的內容和處方的藥物，還有患者資料輸入醫療事務電腦。」

「有了這些資料，不就一次搞定了嗎？」

「的確沒錯。」赤城說，「但是，這種做法有一個最大的缺點。」

「什麼缺點？」

「由於是電子資料，要竄改非常簡單，誰都可以登入，隨時都能重寫，絲毫不留痕跡。嚴密地說，改寫檔案會留下日期，但很難證明那個日期是否意味著竄改。電子資料比寫在紙上的病歷和處方箇容易竄改多了。」

「換句話說，如果有意竄改病歷，那份電子資料也早就已經被改過了，是嗎？」

「而且，電子資料在法院上的證據能力偏低。」

「可是，為了確認，還是拿到那份資料比較好吧。」

「與其拿到資料，去問那位輸入的作業員有效得多。」

一聽赤城這麼說，菊川便陷入深思。

「原來如此，得找出那位作業員……」

百合根把這件事記下來，他把接下來必須做的事條列在筆記上。百合根對於曖昧不清的記憶出現在實際調查上，有過慘痛的經驗。光憑記憶，無法回想起那些正確而重要的小事，例如人名、電話號碼、車牌碼號、住址、房號等，這一切，只要經過短短一小段時間就會想不起來。所以，調查員都勤於筆記。電視劇中常出現以警察手冊筆記的場景，但刑警的筆記警察手冊根本不夠用，絕大多數的調查員都是隨身攜帶活頁筆記本。

「被問到何時發現是TEN的時候可能說謊，這該怎麼解釋？」

菊川發問。赤城略加思索後回答：「平戶是怎麼回答的？」

負責提問的市川不在場，所以百合根看著筆記回答：「他說是救護車送來的時候發現的。」

「這和民事那時候的回答矛盾。就我看到的資料，是主治醫師發現有SJS或是TEN的可能，所以才預約皮膚科看診。」

「這裡所指的主治醫師是平戶嗎？」

「這就不知道了。鑑定醫師不會在場看到法院傳喚證人，完全就只是看資料判斷治療是否適當而已。」

「這麼說……」

「平戶很有可能並沒有診察、治療被害者。」

百合根想起了那時候。

「有個實習醫師來診察室說他是平戶醫師的代打。」

菊川看著百合根問：「實習醫師？」

百合根翻筆記確認實習醫師的名字。

「一位名叫小山省一的實習醫師。大越教授突然跑到診察室，對平戶醫師說要巡房，叫他一起去，平戶醫師就跟他去了。為了代替他而來到診察室的就是這名叫小山省一的實習醫師。」

「這很常見。」赤城說，「因為實習醫師也必須累積經驗，只是應該是在指導醫師底下進行診療才對。」

「實習醫師單獨為患者看診沒有違法嗎？」菊川問。由於和平常經手的案件性質不同，菊川似乎也沒什麼把握。

「不違法，因為實習醫師也是擁有醫師執照的正牌醫師。」

「實習醫師也是正牌醫師？」

「對。取得醫師資格的國家考試是筆試，沒有術科，所以在通過國家考試後，還要到大學醫院之類的地方實習。」

「那麼被害者就有可能是那位實習醫師看的了。」菊川說，「平戶可能只是事後接到那個小山實習醫師的報告而已。如果是這樣的話，平戶說救護車送被害者來的時候發現是TEN就是謊話了。」

「等一下！」壕元一臉受不了的表情說，「你們到底在說什麼？醫生說謊沒說謊，你們怎麼知道？」

菊川指著翠和黑崎說：「這兩個人就是知道。」

「警部大人說過，他們受過發現謊言的訓練是吧。」壕元語帶諷刺地說，「能當真嗎？」

「能。」菊川說，「當然，在法庭上沒有證據能力，但對訂立調查方針很有幫助。」

「怎麼知道是不是在說謊？」

「警部大人，」菊川說，「你來替他說明一下如何？」

百合根說明了翠和黑崎的能力，以及為何能看出謊言的機制。

壕元露出嘲諷的笑容，「那怎麼可能。」

「不是說實證勝於理論嗎？」翠說，「試試看就知道了。」

壕元看著翠。翠今天也穿著胸口大敞的紅色毛衣，壕元的視線無論如何都會被她胸口的那道溝給吸走。

「試試？」

「對。請菊川先生問你幾個問題，你來回答，再由我和黑崎來猜猜看你的回答裡有沒有謊話。」

百合根心想，現在是做這種事的時候嗎？不過，他很快又改變想法，認為有必要先降服壕元。壕元之前說赤城在會影響辦案，但現在妨礙辦案的是壕元自己，他似乎怎麼樣都提不起勁來。既然如此，應該要讓他安分一點，至少不要妨礙別人。

「好啊，就試試看啊。」

菊川皺起眉頭：「我可不想跟你們胡搞這些無聊的把戲。」

「有什麼關係！」青山開口了。他本來一直一副無聊的樣子，現在事情的變化終於引起了他的興趣。「就試試看嘛？這樣壕元先生也才會心服口服不是嗎？」

大概是菊川也感到有這個必要，只見他苦著一張臉，開始發問：「你是哪裡人？」

「東京下町。」

「最高學歷？」壕元說了一家有名的私立大學，然後還附帶說明，「在學時是柔道社的主將，還曾經參加全國運動會。」

「在全運會成績如何？」

「亞軍。」

「最早是被發派到哪個署？」

「綾瀨署，全東京最忙的署。」

「有沒有兄弟姊妹？」

「有一個妹妹。」

「你結婚了嗎？」

「結婚了，有一個兒子，正在考慮要教他柔道。」

「雙親健在嗎？」

「不，兩人都不在了。」

「你老婆是哪裡人？」

「東京，娘家在澀谷的松濤。」

「現在住在哪裡？」

「老婆娘家旁邊的公寓。」

「滿意現在的工作嗎？」

「當然！刑警可不是什麼人都幹得了的。」

「平常有什麼興趣？」

「當刑警養不起興趣。」

「大學時代主攻什麼？」

「法律，在法律系唸刑法。」

菊川看看翠，然後又看看黑崎：「夠了吧？」

「非常夠。」翠說，然後問黑崎：「如何？」

黑崎默默地拿起旁邊的一張筆記紙，草草寫了東西，遞給翠，翠看了之後點點頭：「跟我的結果一樣。」

「那就來發表吧，我說了哪些謊？」壕元挑釁地說。

「首先，出身地，你說你是東京人是騙人的。」

壕元聽了，哼了一聲。

「然後，結了婚也是騙人的，你單身吧。父母雙亡也是騙人的，都還健在，真是太好了。」

壕元臉上輕蔑的笑容漸漸消失。

「結了婚是騙人的，太太娘家在澀谷松濤當然也就是騙人的了，還有現在住的地方也是騙人的。令人意外的是，畢業的學校和曾參加全運會的柔道比賽倒是真的，還有，專攻刑法看樣子也是真的。」

壕元嘴巴微張，瞠目結舌地看著翠。

「怎麼可能。」他似乎想設法重新振作起來，「你們一定事前調查過我吧？」

「我們幹嘛那麼做？」

「不然，這怎麼可能。」

「這麼說，我都說對了吧？」

「對，沒錯，我是單身，所以住在署的單身宿舍，出自櫪木縣。對了，你們一定是從我的口音聽出來的吧？」

「的確一聽你的發音就知道你不是東京下町人，不過，除了這個之外，真的是從你的心率聽出來的，而黑崎則是從你的汗味聞出來的。」

「騙人。」

「順帶一提，壕元先生對東京山手有自卑情結。」青山說，「以前曾經失戀過吧，對象就住在澀谷的松濤。」

「不要亂猜！」壕元動氣了，「才沒有那回事。」

「這也是騙人的。」翠說，「想必是被青山說中了吧。」

壕元大驚失色，默不作聲，活像看什麼怪物似地看著翠、青山以及黑崎。這點小把戲，對ST的組員來說根本算不上什麼，但對壕元肯定是一大衝擊。

但願這會讓他稍微安分一點，百合根心裡這麼想。

8

壕元找到了送武藤嘉和到醫院的救護人員，要去見他們。

百合根與ST也同行，菊川說要再跑一趟京和大學。

大學醫院顯然對警察反感，或者是高層下令不許向警方多說，總之醫院方面的反應很冷淡。百合根很怕去見不合作的人，然而菊川卻不以為意，否則是當不了警察的，畢竟沒有人會對警察來問話表示歡迎。

菊川說要設法查訪輸入資料的作業員。

「消防署很近嗎？」

「很近，走得到。」

壕元一離開品川警署便邁開大步。他有點駝背又內八，脖子粗得驚人，體格又結實，令人聯想起山豬走路的模樣。他走路的速度也快得驚人，百合根勉強才能跟上。這天是五月的一個晴天，快步追上壕元的腳步，讓身穿西裝的百合根感到全身冒汗，不由得擔心起青山會不會放棄跟他們同行，在哪裡脫隊。

大約二十分鐘後，他們抵達了品川消防署，就在京濱急行的新馬場站附近。壕元走起來二十分鐘，若是一般人的速度，應該要將近三十分鐘。青山沒有脫隊跟著他們抵達，簡直就是奇蹟。

運送被害者武藤嘉和的救護人員有兩名，司機一名。警察問話的鐵則是個別談話，警署與消防署關係密切，因此提出問話要求的過程非常順利，消防署還提供了消防隊員的談話室供他們問話。

在面對桌子坐下後，開始向第一位提問。第一名救護人員名叫橫塚英夫，是名溫和的三十六歲男子，頭髮整理得很乾淨，身穿制服。

塚元似乎打算讓百合根發問，大概是想見識一下他的手段吧。或者，也許是人肉測謊機那帖藥生效了。

「請問是你們幾位送武藤嘉和先生到醫院的嗎？」

「是的。」

「一一九接到通報是什麼時候？」

「二月八日的深夜。我記得是過了十二點，正確的時間司令所的紀錄應該有。」

百合根點點頭。他們已經查過了，精確的時間是九日凌晨零點十二分。

「幾位趕到的時候，患者的情況如何？」

「臉部和手部出疹子，也有皮膚剝落的現象，看來情況嚴重。發燒，記得大約三十九度，血壓是一百四十和八十六，生命跡象在正常範圍內，但心跳快，呼吸很淺。」

「當場有沒有問他什麼問題？」

「問了他發生了什麼事。」

「武藤先生怎麼回答？」

「他說，因為流感去看了醫生就變成這樣。」

「之後，你就把武藤先生送到京和大學醫院了？」

「是的，因為患者說他是去那家醫院看病，而且在那個地區，大多都是送到那裡。」

「抵達醫院之前，武藤先生的狀況如何？」

「就如剛才說的，有心跳偏快和吸呼短淺的現象，但意識清楚。他本人拒絕了太太陪同，我們向他問了住址、姓名、年齡等等資料。」

「看了症狀，你有什麼感覺？」

「我懷疑是藥物中毒。如果是的話，就是分秒必爭，因為藥物中毒有時候症狀會隨著時間急劇加重。」

百合根點點頭，朝壕元看：「有問題嗎？」

壕元搖搖頭。

「我沒有，那位醫生覺得如何呢？」壕元看向赤城。

赤城問救護人員：「在運送途中有沒有做什麼處置？」

「由於患者顯得呼吸困難，便讓他吸氧氣，除此之外什麼都沒做。」

赤城點點頭。

即使聽了救護人員的話，老實說百合根也不太清楚重點在哪裡。接到一一九通報，趕往患者家，直接送往醫院，事實就只有如此。然而，也許對赤城來說有其他意義，他只能如此期待了。

百合根向橫塚道了謝，麻煩他請另一位救護人員進來。

接著進來的救護員給人的感覺是年輕精悍，頭髮理得很短，體格健壯。他名叫名波耕介，當救護人員的時間尚短。

百合根問了和橫塚同樣的問題。名波的回答，幾乎和橫塚一致。生命跡象的數字也一致，時間上的經過也沒有矛盾，然而當百合根問見到武藤他怎麼想時，他和橫塚不同，明白地說：「看了一眼我就認為是SJS。」

橫塚說他懷疑是藥物中毒。以救護人員的經驗而言，應該是橫塚較為豐富，然而名波卻說他一眼就看出是SJS。

「為什麼你會這麼想？」

「我看到報紙說，有人吃了感冒成藥誘發TEN致死，非常驚訝，而TEN被歸類於SJS，我認為自己身為救護人員，今後需要SJS的知識，看了報導之後，馬上就透過網路等查了很多病例。」

原來如此，他因為年輕，對工作滿懷熱情。並不是說橫塚對工作不熱情，但名波應該是對將來充滿希望吧，百合根也有過類似的經驗，剛進警視廳的時候，他也一樣，甚至曾陷於自己能夠解決警方當前問題的錯覺。對，的確是錯覺，然而他現在還是認為能夠一直懷有這樣的心態是很重要的。

簡單地說，名波便是努力用功來彌補經驗的不足，百合根認為，他的努力總有一天一定會有收穫。

「那麼，」赤城問，「你有沒有把你懷疑是SJS的事告訴京和醫院的醫生？」

「沒有。救護人員是絕對不可以對患者下診斷的，這是因為怕會對醫生造成先入為主的觀念，我們會避免這類發言。」

赤城點點頭，然後繼續發問：

「那你向主治醫師說明症狀了吧？」

「有的。我說了生命跡象和患者呼叫救護車的原因。」

「那是哪一位醫師？」

「我聽說主治醫師姓平戶。」

這說法很曖昧。

「你是直接向平戶說明症狀的嗎？」

「我只有請對方簽名……」忽然間他吞吞吐吐起來。

「吶，我不是在責怪你。」赤城說，「救護人員也有自己的立場，只是一定得請你說出來，因為我們必須知道事實。」

名波想了一會兒，說：「在民事法庭上，我也被問過同樣的問題，可是救護人員又不能說不利於醫院的事，醫院也叫我們說主治醫師是平戶醫師。」

「但是，實際上你們送過去那天晚上見到的，不是平戶吧？」

名波沉默了一陣子之後，下定決心般抬起頭，對赤城說：「我那天晚上見到的，不是平戶醫師，是一位姓達川的醫生。」

「是實習醫師吧？」

「是的。」

赤城點點頭，「謝謝你告訴我們。」

赤城問完了。然而，名波卻還有話說的樣子。

赤城問：「你還想說什麼嗎？」

「我是從事救助人命的工作，我對此感到驕傲。」

「當然，我們也希望你這樣。」

「可是，實際上真的有因為醫院的應對而害人平白死去的事，就是人球。我自己也曾經帶著車禍傷患不得不一家一家醫院跑的經驗。尤其嬰幼兒的問題更嚴重，最近小兒科醫生銳減，肯收嬰幼兒的醫院愈來愈少。會叫救護車通常都是狀況非常緊急了，民眾是相信叫了救護車就會有人幫忙而打一一九，可是要是醫院不肯收，我們一點辦法也沒有，我們被禁止從事醫療行為，就連為呼吸困難的患者插管都不行，本來不會死的人白白送命，我很希望這樣的現狀能夠有所改善。」

赤城用力點頭。

「我也希望這次的案子能夠成為一個契機。」

百合根感覺到赤城又發揮了他不可思議的力量。他雖以獨行俠自居，但不知為何，擁有專業知識的人會自然聚集在他身邊，出力幫助他。好比到了命案現場，深具職人氣質的鑑識人員，不知不覺就聚集在赤城四周，開始發表他們的意見。赤城確實擁有不可思議的氣質，能讓專家貢獻所長。

百合根向名波道謝，請他叫最後一位，也就是救護車的駕駛進來。他們向駕駛確認了時間上的前後經過。並沒有問出更多值得注意的情報。

百合根等人離開了消防署，又徒步回到品川警署。

＊

「消防署的救護人員沒說謊嗎？」

這樣問翠和黑崎的，是壕元。話裡多少帶著一點諷刺，但顯然相信人肉測謊機的能力。

「沒有。」翠保證。

「換句話說，救護人員並沒有見到平戶醫師。」百合根說。

「當然沒有。」赤城說，「講師級的不可能會去值夜班。」

「有必須詳細了解一下這個叫達川的實習醫師是怎麼處理的。」

赤城嘆了一口氣：「他本人一定不肯說的，早就被嚴禁對外發言了吧。」

「在現場的其他人呢？像護理師之類的？」

「護士的立場比醫生弱得多，絕對不肯說的。萬一護士對警方洩漏了什麼不利於醫院的情報，這件事一傳出去，不是被開除就算了。」

「不是被開除就算了？」

「醫師之間有他們自己專屬的聯絡網，還有醫師公會和學會等等的橫向聯繫，沒有醫院會想僱用一個曾經對外透露不利於醫院或醫生消息的護士。」

「所以連另外找工作的路都被堵死了？」

「沒錯。」

「可是，一定要找到肯說的人才行，我們只能指望來自內部的情報了。」

赤城面有難色地沉思。

「搞不好，可以找到內部告發者喔。」

青山以不符合當下氣氛的輕鬆語氣說，顯得相當突兀。

赤城和百合根同時轉頭看青山。

「無論什麼組織，裡面一定會有心存不滿的人在，有問題的組織就更不用說了。」

赤城對青山說：「寧可丟飯碗也要內部告發的人可不常見。」

「如果期待他們是出自義憤或社會正義當然不行，出於這種動機內部告發的人很少。」

「那，該指望什麼？」

「有私怨的人，想要對自己所屬的組織報一箭之仇的人。」

「有道理。」山吹說，「個人恩怨，比社會正義什麼的更有動力。」

「那要怎麼找呢？」壕元說，「那個對醫院有私怨的內部的人。」

百合根回答：「只能老老實實地去問吧。」

「警察一去，每個人都會閉上嘴巴。」

「要一直問到肯說的人出現啊。」

壕元露出譏諷的笑容：「這實在沒什麼策略可言啊。」

百合根說：「如果你有什麼好辦法，我會採用的。」

壕元帶著輕蔑的笑，轉移了視線，看樣子他根本沒有打算要認真想辦法。

「在醫院各處裝竊聽器如何？也許可以找到對醫院心懷不滿的人。」

「怎麼可能裝竊聽器？那是違法的。」

「這倒是個好辦法呢！」青山說。

百合根往青山看：「不要亂講，用竊聽器想都不用想。」

「只要不是竊聽器就好了啊？ST不是有可以取代竊聽器的人嗎？」

一夥人對翠行注目禮。

翠輕輕嘆了一口氣：「不要把人家叫作竊聽器好不好。」

百合根考慮了青山這個提議的可行性。的確，如果只是翠在醫院裡走動，在調查上並不違法，只是剛好聽到醫院裡進行的交談、傳聞而已，只不過去探聽的那對耳朵有點不尋常就是了。

「搞不好行得通呢。」山吹說，「只是在醫院裡走動，從住院患者的八卦乃至於三姑六婆的議論，應該都能聽到。」

翠說：「在醫院裡亂晃，不會被懷疑嗎？」

「不會，」赤城說，「醫院裡人人都很忙，應該不會去管誰在哪裡走動。」

「真要叫我去我就去，只不過偷聽別人講話，實在不是件愉快的事。」

「我想不出別的辦法，」百合根說，「只能麻煩妳了。」

「那就沒辦法，只好去了。」

「既然這樣，那我也可以一起去。」壕元說。他的企圖人盡皆知，不外是想和翠兩個人獨處。

翠斷然拒絕：「不用，我自己一個人就行了。」

9

到了傍晚，市川頭一個回到小會議室。

「命令下來了，拿這個去給醫院看，就能討論病歷，也可以叫他們拿出收據和處方箋了吧。」

然後不久，菊川也從京和大學醫院回來了。

「簡直就跟蚌殼一樣。」

百合根問：「什麼意思？」

「醫院的職員啊，一個個都像死掉的蚌一樣，嘴巴閉得死緊。」

「我們談到要找肯內部告發的人。」

「什麼？」

菊川問起，百合根便把白天商量的事告訴他。

聽了這些，市川一臉困惑地看著菊川。

菊川想了想，說：「也許還不壞，值得一試。要是聽到什麼有價值的情報，那就挖到寶了。」

百合根對翠說：「那就請妳明天起到醫院去吧。」

「要去哪些地方呢？」

這個問題由青山回答：「一些會放鬆心情的地方，像員工廁所就不錯。」

「廁所啊……」

「還有更衣室之類的。」

「又不是去偷拍。」

「那跟心理上的偷拍是一樣的。換句話說，就是找人們沒有防備的地方。」

「好，我會看情況到處走走。」

這時穿著制服的品川署職員來傳話：「請問這裡有位赤城先生在嗎？」

赤城回答：「我就是。」

「有你的客人。」

「客人？」

「是的，一位姓平戶的先生。」

赤城皺起眉頭，大家都看著他，菊川和市川的眼神嚴厲，壕元顯然是想看好戲，等著看赤城怎麼反應。

赤城說：「知道了，我這就去。」

穿制服的職員點點頭，消失在門後。

「這實在不太好，」菊川說，「儘管是舊識，但現在在調查中……」

「我知道，我不打算一個人見他。頭兒，跟我一起來。」

「我嗎？」

「你只要在場就好，要是我洩漏案情不就糟了，我也不想被人亂懷疑。」

「我也去。」菊川說，「不是我不相信你和警部大人……」

赤城不回菊川就站起來。

平戶坐在一樓櫃台前的椅子上，一看到赤城就站起來，接著看到菊川和百合根也一起，露出略帶困惑的表情。

赤城說：「現在在調查中，我想避免兩個人單獨碰面。」

平戶說：「我知道了。抱歉，在你忙的時候來打擾。」

「什麼事？」

「沒什麼，因為好久不見了，覺得很懷念。」

「你要敍舊？醫院都被告了。」

平戶敷衍地笑了笑：「是沒錯，可是我一直很擔心你後來不知道怎麼了，沒想到你會在警政單位。」

「誰叫我沒辦法在醫院找到工作。」

「是你不好，不應該脫離醫局。」

「如果是這件事，我不想談。」

平戶垂下眼睛：「抱歉，那時我們不敢替你說話。」

「跟你們無關。沒事的話，你請回吧。」

「能不能找個方便說話的地方？」

「你現在可是有業務過失致死的嫌疑在身，麻煩你有點自覺好嗎。」

「我承認被告的事實，但是我並沒有疏失。」

「關於這一點，隨著調查的進展就會水落石出。反正，我和你無話可說。」

赤城一說完，就走回會議室去了。

百合根和菊川看著被丟下的平戶。菊川率先開口：「既然你都來了，能不能談談？上次來了個意想不到的阻礙。」

平戶以挑戰的眼神看菊川：「你說的阻礙，是指大越教授嗎？」

「對。不管他對你來說有多偉大，都改變不了他妨礙查訪的事實。」

平戶想了一下：「我們被交代沒有必要回答警方的查訪，但是我沒有做虧心事。好吧，看你想問什麼？」

「我們換個地方吧。」菊川說。百合根以為他要帶平戶到偵訊室。

「我們到外面去，喝上一杯，邊喝邊聊如何？」

這句話讓百合根吃了一驚。平戶一定也很意外，愣了一下才回答：「我都可以。」

菊川點點頭：「那好，請你在這裡稍等一下，我去收拾一下東西。警部大人，你也一起來。」

百合根只好聽話。

＊

菊川帶著平戶和百合根進了上次他們去的那家居酒屋，坐在上次那張桌子，點了啤酒，平戶和百合根也點了啤酒，菊川隨便點了幾樣下酒菜。旁人看來，可能以為是下了班的上班族來小酌。

平戶顯得有點緊張，他現在正面對兩名便服刑警，會緊張也是當然的。不知為何，百合根也很緊張，他猜不出接下來菊川要問平戶什麼。

菊川喝了一大口啤酒之後對平戶說：「你和赤城是什麼關係？」

「實習醫師時代是同期的。」

「哦！還真巧。」

「因為我們唸同一所大學，實習醫師的數量不少，但也說不上有多巧。」

「原來如此。這麼說來，跟你們同期的醫生還不少囉？」

「很多啊。有人留在大學醫院，有人去公立醫院，有人去私立醫院，有人自己開業，大家都有不同的發展。不過，到警政單位任職的，就只有赤城而已。」

「這個嘛，我想也是。我聽赤城說了，大學的醫局好像是個很不得了的地方啊。」

平戶的臉色頓時蒙上陰影，百合根注意到他這個表情變化。平戶應該是在支撐醫局的重要位子上吧，赤城說過，大學講師相當於警政制度當中的巡查部長，而主持現場實務的就是巡查部長，如此一來，他當然要以自己的立場為傲。留在大學裡當講師，不就已經說明了他身為醫師的將來是前途無量了嗎？然而，他卻神情黯然。

「我知道醫局有一些問題。權力集中在教授身上，而連帶利益也應運而生。有些患者付錢給教授，是以百萬為單位的。所謂的醫局像極了政治家的世界，醫院也會款待教授，因為每家醫院都希望醫局派給他們優秀的醫師。」

百合根感到意外，平戶指出了醫局的問題，以他的立場，本來應是非得幫醫局辯護不可的。

「你和赤城很有交情嗎？」菊川問。

這個問題似乎讓平戶措手不及，他瞬間注視著菊川。

「算不上特別有交情。實習的時候，我們會分組輪修，我和赤城是不同組的，所以實習時代沒有講過多少話。不過，實習醫師有種獨特的同伴意識，也可以說是戰友。」

「戰友？」

「對。實習醫師的生活就像是場戰爭，我們是最前線的新兵。」

「哦。」

「你知道實習醫師的薪水多少嗎？」

「不知道。」

「我那個時代是三萬圓左右，現在也沒變。」

「三萬？是週薪還是日薪？」

平戶微笑：「是月薪。」

百合根吃了一驚，在他模糊的印象中，醫生都是有錢人，就算是實習，一個月三萬也未免太慘了。

「而且，實習醫師還必須值夜班，在急診處值班待命的，大多都是實習醫師，一天只能有三小時的睡眠卻得要應付大量的工作，完全就是醫生不養生的寫照。」

「才睡三小時，」菊川說，「難怪會有疏失。」

「所以才需要有指導醫師，由經驗豐富的醫師以指導醫師的身分指導實習醫師，患者是否必須進行治療一定要由指導醫師來判斷。」

「實習醫師要怎麼維持生計？這年頭，一般大學生打工賺的還比較多。」

「有些人是有父母親支持，也有人請學長姊介紹幫忙看診賺鐘點費。如果能在急救指定醫院當一天夜勤，可以拿到十萬圓左右，抵得過三個月的薪水。」

「可是，這樣就又要犧牲睡眠。」

「每個醫生都是這樣熬過來的。」

「聽你這麼說，」菊川沉吟般說，「實在令人難以相信那是託付性命的地方。」

「現狀確實是如此，因為每間醫院平均的醫生人數是不夠的。」

「這個問題到處都一樣吧，警察也常常為人手不足煩惱。犯罪愈來愈多，預算卻年年被砍，不能奢望增加人員，我們總是忙不過來。」

「那是因為你們把這次的事情也當成案子來辦，應該還有其他更重要的案件吧。」

「這個案子也是重要的案件啊。」菊川提醒般說，「赤城也說過，是業務過失致死，死了一個人啊。」

平戶不作聲。

菊川繼續說：「我能理解日本的醫療制度和醫院的體制有問題，但也不能因為這樣，就容許業務過失致死發生。」

「警方無法起訴，醫院這邊沒有過失，我是這樣相信的。」

菊川嘆了一口氣，他的啤酒杯不知何時已經空了。平戶只喝了一口，百合根杯中的啤酒也還剩下超過三分之二，然而泡泡已經完全消失，看起來很難喝。

「你剛才這麼說對吧，『在急診室待命的大多都是實習醫師』，那天晚上也是這樣嗎？」

平戶垂下眼睛，視線心虛地游移，一定是後悔自己一時嘴快失言了。

「怎麼樣呢？」菊川問。

平戶抬起頭來：「那天晚上當班的確實是實習醫師。」

百合根向他確認：「是名為達川洋次的實習醫師吧？」

平戶有些吃驚地看著百合根。是驚訝於警方收集情報的能力嗎？如果是的話，那他就太小看警方了。

「是的，我記得應該是達川值的班。」

「患者的情況嚴重，都失去意識了，所以當然也向身為主治醫生的你聯絡了吧？」

「恕我無法談這段經過。」
「有人叫你不要說是吧。」
「他們交代說，萬一上了法庭，可能會被用來當作不利的證據。」
「這通常是被捕之後才會說的話。」
「我聽說，就算是主動配合調查，也不知道事後警方會怎麼利用。」
「是誰叫你不要說的？」
「醫院有法務部門，也有顧問律師，這些部門有指示。」
「大越醫師怎麼說？」
「這和大越醫師沒有關係。」平戶顯得有點慌張。看來他最害怕的就是大越教授，比警方更可怕。百合根心想，他真的小看警方了，尤其是小看菊川這樣的刑警，事後一定會得到慘痛的教訓。

正遲疑著該不該告訴他時，菊川換了個語氣問：「赤城以前是個什麼樣的人？」

平戶仍是一臉嚴肅，回答：「就是非常熱血。」

「哦？熱血啊。」菊川意外地說。

百合根也有同感，從現在的赤城實在無法想像。

「是的。他燃燒著熱情，追求身為醫師的理想，而且是像紅鬍子那樣的醫生（編按：源自黑澤民所導的電影《紅鬍子》，主角是一名面惡心善，爲窮苦人家義診的醫生，蓄一嘴紅色落腮鬍。），不求私利私欲，為治療平民百姓鞠躬盡瘁，所以實習時代他從來不喊苦。」

「他很優秀嗎？」

「對。最氣人的是，他的成績通常都是名列前矛。」

「氣人？」

「這是當然了，每個實習醫師在身為戰友的同時，也都是競爭對手。」

百合根試著想像年輕時代為追求醫師理想而熱血的赤城，然而實在無法描繪出那個模樣，那與現在動不動就顯露出厭世態度的赤城相距實在太遠了。

「可是，赤城要當醫生有一個重大的缺陷。」菊川說，「社交恐懼症。」

平戶點點頭：「對。他說他進大學之前就克服了，可是並沒有完全擺脫那個陰影。

「這對成為醫生不會造成障礙嗎？」

「大學時代的學習是著重在專業知識，考醫師執照也是測驗那些知識的筆試，所以對於取得醫生資格本身應該不至於有影響，可是一當上實習醫師，情況就不同了。」

「原來如此，這時候才頭一次要面對患者是嗎？」

「是的。實習醫師一直處於緊張的狀態，尤其是內科，問診很重要，不能不與患者交談，再加上肉體上經常累得筋疲力竭，這些巨大的壓力折磨著赤城，讓他應該已經克服的社交恐懼症有機可乘。」

「即使如此，他的成績還是頂尖的。」

「想必是不斷逼迫自己吧，而那一天，終於到了極限。」

「發生了什麼事？」

平戶不願明言：「還是去問他本人吧。」

「他不肯說，他一直緊抱著自己過去的污點，孤獨地活著。」

平戶的表情忽然有些放鬆：「對，他以前就是這樣，我想現在也是吧，就是這樣的個性把他逼得很緊，他真的是個非常死心眼的人。」

「你剛才在警署門前說『我們不敢幫你說話』那是什麼意思？」

「就是字面上的意思。當年他就是個十分優秀且充滿幹勁的實習醫師，當然各個醫局都很注意他，可是就像我剛才講的，他當時正為小時候的社交恐懼症復發所苦，即使如此他仍繼續奮戰，我想是因為有當醫生這個理想在支持他吧。」

「發生了什麼事件嗎？」

「就在實習快結束的某一天，大越教授親自點名要他進內科的醫局，這是非常大的榮耀，大越教授當時正一步步走在通往主任教授的路上，換句話說，醫局最高權力者的寶座在望。」

菊川點點頭。

「這件事我聽赤城說過，但赤城拒絕了吧？」

平戶一臉沉重地看著菊川：「他是不得不拒絕。那時有個實習醫師犯了錯，指示護理師加在住院患者的點滴裡的抗生素單位弄錯了，這正好發生在赤城結束輪修交接給那個實習醫師之後。」

「那名患者怎麼樣？」

「指導醫師立刻發現，沒有出事，患者也很快就復原了。可是，失誤就是失誤，而實習醫師在意的就是評價，失誤是無可挽回的扣分。這名實習醫師，想將失誤推到護士身上，眼看這名護士就要被解僱了。熱血、正義的赤城知道了這件事，就逼那個失誤的實習醫師認錯。」

「可是，那個實習醫師並不認錯。」

「對。結果後來竟然變成是赤城的失誤。」

「怎麼會變成那樣？」

「他把交接的時間和向護理師下指示的時間稍微掉換過來了。大越教授大怒，痛罵了赤城。」

「那時候，赤城有什麼反應？」

「一句辯解都沒有。赤城知道只要自己辯解，護士就會被解僱。」

「為了逞英雄而犧牲？甚至不惜拋棄自己的將來？」

「也許他當時就感到當內科醫師的極限了吧。他的社交恐懼症惡化了，當時幾乎不會跟我們說話。赤城自己向大越教授說，他無法進入內科的醫局，這等於是對大越教授的怒火火上加油。教授做了安排，讓赤城無法加入任何一個醫局，他當時就已經有那麼大的權力了，這也意味著，京和大學醫院沒有赤城的容身之處。」

「可是，赤城找到新的路。」

平戶點點頭：「法醫學的石上拓三教授收留了他。赤城本來就是優秀的實習醫師，在法醫學那邊也很快就嶄露頭角，但是不久石上拓三教授就過世了。這麼一來，就沒有人護得了赤城，最後不得不離開醫院。」

「所以才來到科搜研啊。」

「他離開醫院後，和我們斷絕了所有的聯絡，所以在醫院重逢，聽他說在警政單位，我很驚訝。」

百合根想像著赤城的孤軍奮戰，那鐵定是場苦戰。他對醫生的理想是在哪裡被粉碎的呢？或者，他心裡還懷抱著那個理想？

百合根相信是後者。也許那份熱情，還在赤城內心深處如無焰的火炭般靜靜燃燒，而這把火在無意識中吸引了像鑑識科那些擁有專業知識的人們，給予他們活力。

菊川問：「那個失誤的實習醫生，該不會就是你吧？」

平戶露出悲傷的微笑：「這個就隨你去想了。只是我們沒有任何人幫赤城說話，滿腦子只想著自己的成績。赤城很優秀，他被剔除，對自己才有利，當時每個實習醫師都是這麼想。」

「有一點我想要訂正一下，你們這樣不叫戰友。」

平戶點點頭：「也許吧，但這就是實習醫師的世界，大家都是這樣成為醫師的。」

接下來是一陣沉默。

平戶和菊川各自陷入沉思。百合根也想著赤城獨自背負的痛苦，即使與社交恐懼症奮戰，仍維持著優秀的成績，最後甚至不惜幫同事頂罪，拯救護士。不，也許從結果上來看是如此，但會不會是因為他根本無法忍受為了自己的清白而要與其他人爭論？

菊川打破沉默：「最後有一件事必須請教。」

平戶抬起眼睛，他現在的眼神很沉著。「什麼事？」

「到了你這樣的地位，如果認為有必要讓患者到其他科診察，應該可以當場幫患者安排轉診吧？」

「有時候是會這麼做。」

「武藤嘉和那時候為什麼沒這麼做呢？」

平戶的眼裡立刻浮現困惑與警戒之色。

「因為沒有感覺到急迫性。」

「可是，當天患者就惡化了。」

「我應該說過SJS發病的機制目前還不明瞭，當時我沒有預測到。」

「如果你當場將他轉到皮膚科，也許被害者就能保住一命。」

「醫療沒有如果，結果就是一切。當時，我並沒有感到有急迫性。」

「那不是判斷失誤嗎？」

「這在醫院的安全管理委員會也被提出來過了，結果認定沒有問題。」

「這已經不是醫院內部的問題了。」

平戶輕輕搖頭，然後說：「如果那位患者帶著介紹信來的話，會好些。」

「這有什麼影響嗎？」

「如果有介紹信，會考慮到介紹轉診的醫師，即使多少有些勉強，也許還會插單請皮膚科診察。可是，無論哪一科都人滿為患，我們希望盡可能避免插單。」

「你是說，有沒有介紹信，得到的診療會有差別？」

「是的，這就是大學醫院。」

菊川再度陷入沉默。

談話結束了，菊川請店家結帳，三人均分。

「這由我來就好了。」

平戶一這麼說，菊川嚴正地拒絕：

「這樣我們會被控受賄，現在你的身分就是如此敏感。」

平戶的神情顯得非常尷尬，他咕噥著告別，朝車站走。

菊川站在店門前看著他的背影，說：「跟赤城說的不太一樣啊。」

「赤城應該是不想辯解吧。」

「他竟然為了逞英雄……」

這時候，百合根忽然發現一件事：「赤城替護士扛了這件事對吧。」

「聽起來是這樣。」

「那位護士應該知道吧？」

「應該吧。」

「既然這樣，至少這個人不會是赤城的敵人才對。」

菊川注視百合根：「這個主意倒是不差啊，警部大人。只不過前提是，那位護士得還在那間醫院工作。」

「我們去問問赤城吧。」

「他不會肯的，他一定不想被問及過去。」

「只能請他看開了一點了。」

百合根說，「說要參與這次調查的，是他自己。」

10

翠一早就到醫院去。百合根正想著，人肉竊聽器真的不算違法調查嗎？這時赤城來了。可能是昨天聽了平戶那些話的關係，百合根覺得赤城看起來感覺不太一樣。ST的其他組員還沒來。警察的早晨是很早開始的，刑警大多都很早就出勤。

「赤城！」百合根叫他，「在調查會議之前，有點話想跟你說。」

菊川朝百合根這邊看，兩人眼睛一對上，菊川便微微向他點頭。

「什麼事？」

赤城問，百合根便回答：「我們到走廊上去吧。」

赤城一臉訝異。一來到走廊，百合根便說：「昨晚，後來我們聽平戶先生談了很多。」
赤城難掩苦澀的表情，但什麼都沒說。
「我們聽說了你沒有進入內科醫局的詳細經過。」
「你想說什麼？」
「聽說你是替其他實習醫師的失誤揹黑鍋，為了幫一個護士。」
赤城臉色更難看了：「我沒有想到要幫她，只是覺得麻煩而已。」
百合根點點頭：「那時候你的社交恐懼症復發了，你不想和別人說話，還有就是認為，反正自己不可能當內科醫師，是這樣嗎？」
「頭兒，」赤城煩躁地說，「你是為了說這些把我叫到走廊上來的嗎？」
「當時的護士，也許感念你的恩義。」
「什麼意思？」
「我們希望在醫院內部有自己的人。」
「要內部告發？」
「我們不是要那個人內部告發，是希望能夠提供情報，只要告訴我們有誰可能願意幫忙，事情就好辦多了。」
「意思是有人欠我人情，現在要我去討債？頭兒，你覺得這種事我做得出來嗎？」
「我沒有要你去做，只要告訴我那位護士的姓名就夠了。」
赤城的雙眼因憤怒而發光：「我們已經到了不攻擊別人的弱點就走投無路的地步了嗎？」
「說要參與調查的是你，既然要調查，就不知道會用到什麼手段，這一點你應該早就明白才對。既然有人可能可以提供有力的情報，當然要和對方接觸。」
赤城眼光銳利地盯著百合根，不說話。
百合根覺得自己快要退縮了，仍死命撐住：
「你保證過，個人的問題不會影響調查，然而你現在這樣正是要毀掉一個可能性。」
「你說反了。我答應的是，不會讓個人的人際關係影響調查，但頭兒現在是要利用我個人的人際關係。」

百合根覺得赤城說的是對的，如果立場反過來，換成自己一定會覺得不是滋味。百合根想了想：沒有其他辦法可以找到願意幫忙的人嗎？結果他決定讓步。

「好吧，我明白了。我只是看到醫院那邊一副料準了案子不會起訴的樣子而不想認輸，就連我們這邊也有調查員打從一開始就不抱希望，也許我是因為這樣太激動了。冷靜想想，也許你說的沒錯。」

赤城別開視線。

這時候，山吹來了：「咦，怎麼了？怎麼站在這裡？」

赤城回答：「沒什麼。」

「是嗎？」山吹沒有多問，就進了辦公室。

「大家差不多都到了，」百合根說，「我們進去吧。」

赤城看也不看百合根，說：「不要叫調查員去。」

百合根看著赤城說：「你是說去找那名護士嗎？我知道，那件事就算了。」

「她叫城間知美。」

「咦？」

「那名護理師的名字。不要叫調查員去，我去，頭兒也和我一起去。」

百合根驚訝地看著赤城，他想說些什麼，但還沒想出來，赤城就已經轉身進辦公室了。

百合根覺得好像做了什麼對不起赤城的事，在走廊上呆站了好一陣子。

＊

「好啦，正規手續辦完了，」市川說，「收據也到手了，他們說要找到處方箋還需要一點時間，我們先來討論病歷吧。赤城，可以請你說明嗎？」

赤城拿起病歷，看了好一會兒。

市川催促似地問：「有沒有哪裡不對勁呢？」

「就像我前幾天說過的，負責初診的醫師列出症狀：發燒、食欲不振，還有體溫，三十九・五度，藥物過敏一plus（＋）。」

「一plus是表示到什麼程度？」

「一般是指有所懷疑。到了三plus，就是有明顯的症狀。」

「然後呢？」

「內科主治醫師的記述內容不多，上面寫著患者陳述有關節疼痛。視診的結果，喉嚨略為發炎，胸腔聽診沒有異常，觸診的結果淋巴腺腫大plus / minus（＋／－）。然後也寫了藥的處方：抗生素和消炎藥，和平戶說的藥物一致。」

「診斷呢？」

「流感。問題是，問診的結果和視診、聽診、觸診結果的筆跡，還有處方的筆跡不同。」

「筆跡不同？」

「對。這份病歷上有三種筆跡，這本身並不稀奇，因為負責初診的醫師，和後來患者被轉往各科診療的主治醫師不同，筆跡當然也不同。問題在於，同一天的診療途中筆跡變了。」

「我們也遇到了這種狀況。」市川對百合根說。

百合根點點頭：「我們在向平戶醫師問話時，大越教授出現，之後平戶醫師和大越教授去巡房，實習醫師小山省一就跑來開始看診。」

赤城沒看向百合根，點點頭：「這在大學醫院是常有的事。」

百合根有點介意赤城沒有看著自己回答，他果然是在生氣吧。

「那麼，我們可以合理推測被害者接受診察時，也發生了同樣的狀況。」菊川說，「換句話說，就是診察到一半醫生換了人。」

「有必要加以確認。」市川說，「這就需要弄到平戶醫師和小山省一的筆跡了。」

「這點事有什麼困難。」壕元說。

市川點點頭：「那，就交給你吧。」

壕元一臉早知道就不要開口的樣子，悶悶地閉上了嘴。

市川又問赤城：「藥物處方沒有問題嗎？」

「不能說錯，但並不是沒有危險。針對這一點，我曾經和那邊那個和尚藥理學家爭論過。」

市川和壕元朝山吹看。

山吹以超然的態度說：「在消炎藥方面，我們持不同意見。那位醫生開了Diclofenac Sodium，這用在流感併發腦炎和急性壞死性腦病變患者身上，可能會提高死亡率，所以一般認為最好少用。」

市川皺起眉頭：「我聽不太懂，意思是說，流感最好不要吃這種藥嗎？」

「如果是一般成人的流感就沒問題，兒童流感則需要特別注意，但是每家醫院都會開這種藥給成人。」

「所以不能就這一點追究過失吧？」

市川一問，山吹便點頭說：「不是過失。」

「那麼，再找藥物的毛病也沒用。複診時的狀況呢？」

「複診記錄了發疹的症狀。體溫三十七．二度，喉嚨紅腫二plus。上面寫了口內炎，再次開立消炎藥，也開了維生素B群。」

「這次的狀況，你的意見如何？」

「SJS會有黏膜出現水泡的症狀，被害者可能口腔內長了水泡，而這位醫師診斷為口內炎，因此開立維生素B群的處方。」

「能追究過失嗎？」

赤城想了一會兒才搖頭：「民事的時候已經針對這份病歷討論過了。三個人當中，有兩個人認為沒有問題，我想這是一般的反應。」

「三人當中有兩人？」市川問，「那就是說，除了你？」

「對。我認為SJS的症狀被誤診為一般的口內炎，但是其他兩人用某一點為依據，認為這不是問題。」

「哪一點？」

赤城把病歷攤在桌子上好讓大家都看得到，然後伸長了手，指著病歷上的某處說：「寫在這裡的『SJS』這幾個字。」

市川瞇起眼睛看。菊川開口：「去查訪被害者的太太時，她也提到了這件事。她說，這幾個字可能是後來才補上去的，因為其他的字看起來是草寫，只有這三個字特別工整。」

市川點點頭：「沒錯，被害者的太太懷疑病歷被竄改過，然而法院卻不認同。」

赤城點點頭。

「民事裁判上，以沒有找到足以證明病歷遭竄改之具體事證為由而否定此一說法。」

「你說，反而是在conference當中，因為有這幾個字，所以認定診療內容沒有問題是吧？」市川問赤城，「這要怎麼解釋啊？」

「好幾個醫生填寫過病歷，反而會將問題掩蓋起來。一個醫生判斷是口內炎，但另一個醫生加了有SJS的可能，換句話說，這是經過數名醫生多元判斷的結果，因此提高了有效性。」

「哈哈！」青山說，「那是刻意加以善意的解釋啦，把負面要因湊起來，改成正面要因。」

赤城點點頭：「就是這樣。Conference的結果，在醫療訴訟中具有很大的影響力。」

菊川若有所思地說：「我實在不喜歡拉拉雜雜的，具體來說是不是這樣：初診當天，首先由A醫師為被害者看診，轉到內科，在內科由B醫師診察，但B中途離開，由C醫師代為診察。到這裡都對吧？」

赤城點點頭，市川和百合根也同時點頭。

「複診那天看診的是誰？是B？C？還是另有其他醫生？」

赤城回答：「從筆跡看來，是C。」

「那麼，是C判斷被害者得了口內炎的？寫下SJS的是誰？」

「雖然沒有經過正式的筆跡鑑定，不過我想是B。」

市川拿起病歷仔細看，一度湊近臉部，然後瞇起眼睛又拿遠，看樣子是需要老花眼鏡了。

「關於筆跡，只有這些也無法下定論。」

「還有其他依據。」赤城說。

市川瞇起的眼睛直接轉過去看著赤城問：「什麼依據？」

「病歷上的所有簽名，都是平戶簽的，這就表示最後檢查病歷的人是平戶。」

菊川皺起眉頭：「可以清楚說一下這代表什麼意思嗎？」

「如果你所說的B醫師是平戶的話，就說得通了。換句話說，初診的A醫師把被害者轉到內科的時候，看診的是平戶，平戶中途有事離開了，於是他所指導的實習醫師小山來接手，開了藥，小山就是C醫師。複診的時候，一開始就是由小山看的，應該是因為他曾經診療過，所以平戶就交給他了吧。而小山沒看出是SJS，因此診斷為口內炎。」

「原來如此。」菊川說，「那麼，為了彌補這一點，平戶加上了SJS這幾個字？這麼一來，就像conference除了你以外的那幾個醫生以為的那樣，整件事就沒有問題了，就是為了修正實習醫師的失誤所以才需要有指導醫師的存在。」

「問題是時間點。」

百合根想起來了：「對。第一次見到平戶醫師時，他說過，他是在患者被救護車送進來的時候就發現到是SJS或是TEN的。」

「所以才會在病歷上多加上去？」市川說。

「這也完全不成問題，只是判斷慢了一步而已，不算過失。」

對於菊川這幾句話，赤城說：「如果救護車送被害者進醫院時，平戶真的在場的話。」

菊川若有所思地說：「你是說，有可能是患者死了之後才寫的？」

「我是這麼認為的。換句話說，被害者的太太說的沒錯，病歷是被竄改過了。」

「必須要確認幾件事。」市川說，「首先是要鑑定筆跡，還有就是被害者被救護車送進醫院的那個晚上，平戶醫師是不是在醫院，等這些都清楚了，病歷是否遭到竄改就很明顯了。」

「筆跡鑑定就由我來吧。」青山說，「這是我的專業嘛。」

百合根對於青山主動攬下工作感到吃驚，也許這個案子也有吸引他的地方。青山的確是負責文書鑑定，雖然心理分析是他的主要工作，但也處理筆跡鑑定。

「只不過，」青山有但書，「前提是要壕元先生確實拿到他們兩人的筆跡就是了。光靠這份病歷上的文字，樣本不夠。」

壕元賭氣地對青山說：「要拿什麼回來？」

「姓名和住址就可以了，有了這兩樣，應該就有辦法鑑定。」

「是是是。」壕元不甘願地回答。

自從他被人肉測謊器測過謊之後，雖然安分些，但態度還是一樣。百合根提心吊膽，只怕菊川會隨時爆發。百合根自己也覺得不是滋味，壕元最反感的對象，恐怕就是百合根，一個比自己年輕的高考警部。光是這樣，就足以刺激壕元的自卑感了。

「好，總之就是到處去收集情報。」市川說，「一直跑醫院跑到問出消息為止。」

11

黑崎和山吹留在品川署，百合根一行人又徒步前往京和大學醫院。黑崎和山吹兩人在署裡把民事法庭審理時公開的文件和資料重新看過。

百合根悄聲向菊川說：「我和赤城要去辦那件事。」

「護士的事？」

「對。」

「我也一起去吧？」

「不了，赤城說只要我跟他一起去。」

菊川聽他這麼說，只是點點頭。

赤城毫不猶豫地前往目的地。他對醫院內部相當熟悉，這也是當然的。百合根緊跟在後，赤城還在生氣嗎？他非常在意。

赤城上了二樓，穿過長長的走廊來到另一棟建築，那裡的氣氛和門診略有不同，應該是住院病房吧，有電梯，其中一角有護理站的櫃台，白衣護士們正忙著做事，每個人都沒有戴護士帽，這讓百合根覺得好像少了什麼。他記得好像在哪裡讀過，說護士帽可能成為院內感染的原因，所以最近愈來愈多的醫院不戴護士帽。

赤城在窗口準備詢問城間知美的所在，就在那一瞬間，護理站裡傳來開朗的聲音招呼著：「哎——呀！這不是城城嗎？是城城吔！好久不見了！」

百合根朝那聲音的方向看。一個身穿護士服、略略發福的中年女子露出滿面笑容。

「片山小姐。」赤城喃喃自語般說。

這時候，另一邊也響起一名女性的聲音：「城城來了？哎呀，真的吔！」

那是一位三十多歲的護士。

另一個地方又有聲音響起：「什麼什麼？城城來了嗎？」

這也是一個年過三十的護士。

「澤本小姐、金石小姐，好久不見。」

本來在櫃台裡的年輕護士對頭一個出聲的護理師，就是被赤城喚作片山小姐的那個護士，說：「護理長，是妳朋友？」

片山回答：「這一位呀，以前是這裡的實習醫師呢。」

「護理長？」赤城問片山，「妳已經當上護理長了？」

「是啊，時間在過，人也要往上爬嘛。」

「不過，真的好懷念喔。」那位被稱為澤本小姐的護士說，她是一位纖瘦的美人。「城城不在了以後，大家都好寂寞呢。」

「那是多久以前的事了啊？」金石說。她個子嬌小，有一張討喜的娃娃臉，看起來是那種無論到幾歲外形都不會變的類型。

「本來大家都看上城城了說。」

他是因為護士才恐懼女性嗎？

百合根心想，這根本跟他說的不一樣嘛。

赤城說，他覺得所有護士都瞧不起他，可是從她們的態度和談話內容，實在看不出來。然而，百合根又想，四周的反應和本人的感覺是不同的。赤城當時有社交恐懼症，他本人很可能真的覺得被人瞧不起。精神失調的痛苦，只有本人才知道，別人沒有資格說什麼。

「你現在在哪家醫院？」護理長片山問赤城。

「沒有，我沒有在醫院上班。」

「哎呀，那你在做什麼？」

「我在警視廳的科學搜查研究所。」

「是嗎？城城以前也待過法醫室的嘛。那，這一位是？」

「我那一班的頭兒。」

「哎呀，是警察。」

百合根低頭行了一禮。

「這麼說，就不是來探病囉。」澤本滿懷好奇的眼神輪流看著赤城和百合根，「來辦案？」

「嗯，」赤城回答，「是關於因TEN死亡的患者。」

一聽到這裡，片山的表情就僵了。那變化非常細微，但百合根沒有錯過，他也發現澤本和金石交換了一下眼色。

片山堆出笑容說：「事情我聽說了，醫院被告了是不是？可是，我們什麼都不知道呢。」

澤本和金石也沒吭聲。赤城點點頭：「我是來找城間小姐的，她還在這裡工作嗎？」

「嗯，」護理長說，「不過她今天上完夜班，回去了。」

「可以告訴我她的住址嗎？」

護理長片山一時不知所措，轉頭去看就在近旁的澤本和金石。澤本和金石兩人默默地看著片山。

片山說：「我是很想叫你去問人事課，可是人事課一定會搬出很多理由不告訴你。等等喔……」她離開櫃台，消失在後面的一扇門後，再度出現時，手裡拿著記事本，看來是她的私人記事本，一本紅色皮革封面的記事本。她翻開來，拿原子筆在櫃台的紙條上寫東西，然後把那張紙條遞給赤城。

「這是住址和手機。」然後，片山微笑著說，「手機可不能亂給別人喔！她還單身呢。」

赤城接過紙條，行了一禮：「謝謝。」

百合根也向片山道謝，兩人離開了護理站。

「走這邊，有另一個出口。」赤城走沒幾步，後面便傳來追趕的腳步聲。

一回頭，是金石，那名圓臉的護士。

赤城停下來看著她。

「城城，」金石悄聲說，「關於調查的事……」

「怎麼了？」

「那個，我們也很想幫忙，可是沒辦法，尤其是片山小姐身為護理長，她有她的立場要顧。」

赤城微微一笑。百合根想起好久沒看過赤城的笑容了。

「我知道，請不要放在心上。」

「我跟你說，」金石又說，「我們真的很想幫忙。」

「光是告訴我們城間小姐的住址，就幫我們很多忙了。」

金石彷彿受到赤城的影響，也露出寂寥的笑容。

「那我走囉。」金石像她追上來時一樣跑過走廊，回到護理站之前，回頭了兩次。

「顯然連護士都被下了封口令。」

百合根這麼說，赤城便冷冷地說：「那當然了。」

「就算見到城間小姐，可能也什麼都問不出來。」

「是頭兒自己提出來的。」

赤城只吐出這一句話。百合根心想，他果然還在生氣。

正轉身準備要走的時候，正好看到翠從走廊另一端走過來。

「你在護士之間很有人緣嘛。」翠對赤城說。

「妳聽到了？」

「我在那邊那個轉角後面。」兩個地方的距離大概有二十公尺吧。

「妳真的是人肉竊聽器。」赤城說。

「可不可以不要這樣講？很傷人呢。」

「有沒有什麼值得注意的情報？」

「我現在很清楚醫生真的很討人厭，有的講話會酸護士，有的還會吼人，還有醫生會對患者破口大罵呢。」

「對患者破口大罵？」百合根忍不住問。

「對，患者只是問了一句接下來要用什麼樣的藥進行什麼治療，醫生就突然發飆了。說你又沒有醫學知識，跟你說了你會懂嗎？既然不相信我的治療，就到別家醫院去之類的。」

赤城見怪不見地說：「教授等級的，很常會這樣。」

「我以後無論病得多嚴重，都不要進大學醫院。」

「妳從早晃到現在，就只有這個心得？」

赤城一這麼說，翠便回答：「我這才要進入正題。那個實習醫師小山呀，和被害者的太太通過電話。」

百合根皺起眉頭。

「小山？」赤城說，「怎麼回事？」

「我到處晃來晃去，看到小山，因為也沒別的目標，就跟蹤他，結果他的PHS就響了。這家醫院的職員都是用PHS聯絡事情。」

「最近愈來愈多醫院這麼做，不過，這不重要。倒是妳講話愈來愈像青山了。」

「真沒禮貌！PHS是通知他有外線電話，小山就去附近的電話去接聽，他叫電話那頭的人武藤太太。」

「姓武藤的人多的是，也可能是別人。」

「我裝作若無其事地走過去，聽來電的人的聲音，事後又打電話到被害者家去確認聲音。」

「妳沒有亂講話吧？」

「對方一接我就掛了。」

既然翠這麼說，那就錯不了。

科搜研的職員曾經說過，她的聽力足以媲美聲紋辨識。

「小山和被害者的太太說了什麼？」

「這我就沒聽到了。」

「妳不是聽到電話那頭的聲音了？」

「拜託，只是聽到聲音跟聽清楚談話的內容是兩回事好嗎？」

赤城陷入沉思。

百合根對翠說：「我們接下來得去別的地方，剛才妳說的這件事麻煩妳通知菊川先生或市川先生。」

「了解。」然後，翠輕聲笑了，說，「城城喔。」

「吵死了。」

赤城從翠身邊閃身而過，快步走過走廊。

＊

城間知美的住處，位於距離大井町車站步行十分鐘左右的地方，在一棟雅緻的公寓裡，看來整棟都是供單身者居住的小坪數格局，大門是自動鎖。

一路來到這裡，赤城一句話都沒說，他大概還是很不高興。或者，也許是在想該怎麼向城間知美開口。對赤城來說，這次的重逢的確不是什麼愉快的事。

他們現在知道，醫院的封口令甚至下達到護理師層級，城間知美當然也會遵守吧。也許她是感念赤城的情義，但如果利用這一點硬要她開口的話，等於是抹消赤城對她的英勇行為。

事到如今，百合根才知道後悔。不應該來找她的，他漸漸開始這麼想，這次見面，恐怕場面會很難看。

百合根內心想像城間知美對赤城投以輕蔑的眼神，甚至是咒罵他的樣子。

赤城看著紙抄，在自動鎖門前的數字鍵按了房號，等了一會兒，沒有任何反應，赤城又重複了一遍相同的動作。

又等了一會兒。算了，我們回去吧——百合根正要這麼說的時候，對講機裡傳來了一個女生非常不悅的聲音：「喂？」

「我是赤城，好久不見。」

百合根聽到女子不悅的聲音，心裡出現了更可怕的想像。

「赤城？」
「是的，以前曾經在京和大學醫院的實習醫生。」
只聽到一個機械的聲音，門開了。赤城推開門，走向電梯，百合根懷著沉重的心情跟上去。
接下來的事情發展，恐怕往後再怎麼向赤城道歉，他都不會原諒吧，百合根暗自這麼想。搞不好，會再度誘發赤城的社交恐懼症。
兩人來到城間知美的房門前，赤城按了門鈴，百合根心情沉重地等著門打開。只聽到解門鍊的聲音，下一瞬間，門猛地打開，擦過赤城的鼻尖，要是再近一點，門就整個往臉上搧下去了。她該不會是故意的吧？百合根心想。
「城城！」有人隨著聲音飛撲出來，百合根一愣，身子不由自主地有所提防，聲音的主人抱住了赤城。
「真的好久不見了，你到底跑到哪裡去幹嘛了？」她抱著赤城說。
「城間小姐，好久不見。」赤城非常冷靜。
城間知美穿著黑色坦克背心和白色熱褲。這才五月天，雖然連日來都是晴朗的日子，但她的穿著暴露得簡直就像酷暑盛夏。她有一頭栗色的長髮，臉上素雅無妝，但明顯而深刻的雙眼皮與一雙大眼睛，已是十足令人驚豔的大美女，就算不是赤城，也會想對她伸出援手吧——百合根心裡這樣想。

城間知美終於放開赤城。

「進來吧。我來泡茶。」

「不好意思，在妳值完夜班的時候來打擾。」

「哎呀，你先去過醫院才來的？」

「妳的住址我是向片山小姐要來的。」

「哎——呀！原來護理長也是有優點的嘛。來，進來吧。」

百合根不知道這城間知美歡迎的態度會持續到何時，心情變得好憂鬱。

「打擾了。」赤城脫鞋進了屋，百合根也低著頭照做。

那是一房一廳的小公寓。進到單身女性的住處，總覺得有點不自在。

廚房兼餐廳有一張白木餐桌，後面的房間有床，陽台上晾著洗好的衣服。

廚房裡的調理器具清一色是紅色的，好像家家酒一樣排列著。窗簾是明亮的藍色，房間算是乾淨整齊。

城間知美就穿著背心熱褲走來走去。多虧了翠，百合根已經習慣穿著暴露的女性，但眼睛還是有點不知道該看哪裡。

「那邊坐。」城間知美指著白木餐桌。赤城拉開椅子坐下。

「這位是我的上司，百合根。」

百合根行了一禮，在椅子上坐下。

「上司？哪家醫院？」

城間知美邊在廚房泡茶，邊回頭問。

「警視廳。」

她的手停住了。

「警視……廳？城城，你現在在警視廳？」

「我在科學搜查研究所下面一個叫科學特搜班的單位。」

「哦。」

「現在正在調查死於TEN的患者的事。」

「哦，那件事啊。」

城間知美撩起長長的頭髮。

百合根擔憂地等著她接下來的反應。

「你有事要問我？」城間知美語氣輕鬆地問。

赤城回答：「我們在找願意幫忙的人。」

「願意幫忙？」她露出笑容，妖豔的笑，也可以視為諷刺的笑。百合根心想，她應該也會拒絕吧。

等她拒絕了，不必試著說服，就速速走人吧。

城間知美走近赤城，雙手扶著桌子，上身往赤城湊過去，從百合根這裡都能清清楚楚看到她的乳溝。

「你要我幫你？」

赤城面不改色地說：「如果可以的話，想拜託妳。」

「要我出賣醫院？」

「不強迫。」

城間的上半身仍是朝赤城傾斜，眼睛直盯著赤城。然後，再度露出笑容。

「誰都不能違抗醫院，在內科工作的人，無論是醫生也好，護士也好，都不能違抗醫局，這你知道吧？」

「我知道。」

「那可是把你趕走的大越哦，他是絕對容不下忤逆自己的人。」

「對。」

「你明知道，還要我當內奸？」

赤城垂下雙眼：「不，我沒有要妳這麼做。」

「你不是希望我幫忙嗎？」

「只要告訴我們有誰可能願意開口就行了。」

「真沒志氣，為什麼不明明白白說出來？」

赤城再度抬起雙眼，訝異地看著城間知美。

百合根也不明白她這句話的意思。

「什麼意思？」赤城問。

「你就明白地說呀！」城間知美的臉又再往赤城湊過去，「說和我一起打這一仗。」

赤城說不出話來，一直盯著城間知美看，百合根也望著她，猜不出她究竟是什麼意思。看赤城不說話，城間知美又說：「你不是應該要放手一搏！你想讓那個大越好看吧？」

「不，」赤城難得慌張了，「我沒那個意思。」

「說清楚！你要不要打倒大越？打倒他，就是打倒全國無數的大越。」她的意思是，就要與全國各大學醫院、大型醫院裡像大越這樣的醫生為敵吧，百合根對於情況完全出乎意料的發展感到驚異。

「城城……」城間知美說：「說出你的真心話，想半哄半騙利用我是不行的。以前的你，不是更熱情嗎？你忘了那份熱情？來，說清楚，說『和我一起打這一仗』。」

赤城默默回視了城間知美片刻，終於他點頭了：「和我一起打這一仗。」

「你不能原諒大越是吧？」

赤城又點了一次頭：「沒錯，我不能讓大越那種人在醫界作威作福。」

「OK！」城間知美緩緩起身，「要從哪裡開始？」

百合根看著兩人，只覺得不可思議。赤城又發揮了他神奇的力量──百合根這麼想。

赤城說：「負責治療死於TEN的被害者的，是平戶。我想知道平戶處理那個患者的細節。」

城間知美點點頭：「我去向負責的護士打聽看看。」

茶壺的水滾了，嗶聲響遍屋內，城間知美到流理台關掉瓦斯爐火。她在準備三人份的紅茶時，談話也沒有中斷。

「最重要的是，」赤城說，「患者被救護車送到的時候，平戶是不是在醫院。」

「這個真的很困難，不過，我也會查證一下。救護車是哪一天來的？」

「二月八日。」

城間知美將裝有紅茶的白色茶杯放在赤城和百合根面前，在椅子上坐下來，雙手捧住自己的馬克杯，喝了一口紅茶。

「二月？咦，那麼久了啊？」

「因為先提民事訴訟，結果認定醫院沒有過失，家屬才又提刑事告訴。」

「民事輸了影響很大呢。」

「的確，但是，民事訴訟和刑事案件的觀點不同。」

「平戶嗎？」城間知美自言自語地說，「說起來，城城沒辦法留在內科，還不都是他害的，都是他想把錯推到我身上。」

平戶當時果然是在說他自己啊，百合根心想，平戶是不是想來說出一切呢？也許他是為了請求原諒才來找赤城的。

赤城搖搖頭，說：「我本來就不適合當內科醫師，法醫學才適合我的個性。我並不恨平戶，實習的時候，無論是肉體也好，精神也好，每個人都被逼到極限，只是我看不慣他要護士頂罪的做法。」

「城城就是這樣呀，也許你很適合警方的工作，因為你是正義之士。」

赤城皺起眉頭。也許是要掩飾他的難為情吧，他換了個話題：「那個小山也很令人在意。」

「小山？」

「實習醫師，跟著平戶的。」

「哦，那個年輕人啊，他怎麼了？」

「我在實習時候，是三個月一輪，二月出事的時候他應該是在平戶底下，到了五月，還是在平戶底下。」

百合根發現，赤城對城間知美的語氣不知不覺變了，一開始很生分，現在則是一般的語氣，多半是因為心情回到從前了吧。還有，她願意幫忙也有影響。

城間知美回答了赤城的疑問：「因為實習制度有點改了。三個月一輪的輪修是沒有變，不過因為醫療技術的進步，光實習三個月不夠，現在變成實習後半看實習醫師的意願，到想去的科學習專業技術。」

「那，意思就是說，他輪修完了，還是志願到內科？」

「應該是說，他被平戶收留，因為沒有人想關照他。」

「為什麼？」

「他是來自外縣市一般上班族家庭，你明白我的意思吧。」

赤城苦著臉點頭：「嗯，我明白。」

百合根卻一點都不明白：「請問，這是什麼意思？」

看百合根發問，赤城便解釋：「對實習醫師也是有歧視的。」

「歧視？」

「沒錯。醫局的人，最想要的是大醫院的第二代，或是本來在大學醫局裡有人脈者之子，其次是有錢人的兒子，即使領實習醫師的月薪，也不必為生活發愁的人具有優勢。沒錢的實習醫師，就非打工不可。」

城間知美說：「對。小山也在別家醫院打工值夜班。想當然耳，累壞了就沒精神，叫他整理病歷會打瞌睡，也會發生失誤，上面對他的評價很差。」

「聽起來很不合理啊。」百合根這麼說，赤城點點頭：「是很不合理，但這就是醫生的世界。」

「可是，再怎麼樣他就只是實習醫師啊！以他的立場又不必負責，萬一他犯了失誤，他的指導醫師平戶應該也會幫他才對啊。」

「有情報指出，小山與被害者的太太聯絡。」赤城說。

「被害者，你是說死去的患者？」

「沒錯，因為現在是當作刑事案件來調查。」

「他們和家屬之間會有些事後處理呀。」

「小山和家屬聯絡，是剛剛才發生的事。」

城間知美皺起眉頭：「這就有點怪了，患者都去世三個多月。」

「我也這麼想，我不明白被害者家屬和小山這時候還有必要聯絡。」

「不如直接去問他？」赤城看著百合根問。

百合根說：「說的也是，這麼做最快。」

赤城似乎在思考些什麼，出現了一段短暫的沉默。

百合根為了填補這段時間，問城間知美：「請問，我們向妳尋求幫助，實在沒有立場這麼說……」

「什麼事？」

「我有點擔心城間小姐，一個沒弄好，妳是不是會被醫院開除？」

「可能會喔。」

「那實在是……」百合根事到如今才感覺到責任重大，「萬一真的變成那樣，真不知該如何彌補才是。」

「你別搞錯了，我沒有被強迫，是我自己決定要幫城城對抗大越的。」

城間知美語帶慵懶地說：「沒有一個人認為現在的京和大學醫院是正常的，尤其是護士、技師、藥劑師這些立場薄弱的人，被任意使喚壓榨，不服從就被拋棄，只有教授說話最大聲，下面的小醫師都要看教授的臉色，而講師和教授一心只想著自己的論文，誰也沒有把患者放在心上。」

百合根切切實實感受到，城間知美在工作時內心感受到巨大的矛盾。

「城城他啊，」她繼續說，「在實習的時候常常說，醫院應該就是為了患者而存在。若考慮現實狀況，也許那只是理想，可是，我認為必須要有高談理想的人存在，只要有一個這樣的醫生，我們就得救了。」

「可是，要是被醫院解僱的話，不就兩頭落空了嗎？」

城間知美輕輕聳了聳肩：「無所謂啊，往小型診所找，總是找得到工作。萬一找不到工作的話，我想想……」

她往赤城看，「就請城城負起責任，把我娶回家好了。」

赤城一臉嚴肅地垂下視線。

「不管怎麼樣，我會再跟你聯絡。」城間知美打了一個小小哈欠，「現在我想補個眠。」

百合根想起她剛上完夜班，連忙說：「不好意思在妳這麼累的時候來打擾，我們這就告辭。」

城間知美微笑著說：「城城，很高興能再見到你。」

12

一離開公寓，赤城就嘆了好大一口氣，看起來好像全身都虛脫了。

「真對不起，」百合根說，「把她捲進來了。」

「無所謂。」

「你還在生我的氣嗎？」

赤城嚇了一跳似地看著百合根：「我沒有生氣啊。」

「在來到這裡之前，你一直心情都不太好的樣子。」

「哦！那是因為要見她，讓我有點憂鬱。」

「你覺得可能會強迫到她？」

「不是。」

「不然是為什麼？」

「因為我很怕她，來這裡之前一直很緊張。」

「怕她？」

「帶頭叫我城城的就是她，這個叫法後來就在護士之間傳開了，從此我一直覺得被她們瞧不起。」

「沒這回事吧，我覺得那是一種親暱的表現啊。」

「也許吧，可是當時我在精神上極度緊張，只覺得被瞧不起。」

百合根心想，看來，赤城對女性恐懼的成因深不可測。

無論如何，知道赤城不是在生自己的氣，百合根暗自鬆了一口氣。

＊

一回到品川署，只見市川和菊川神情認真地不知在討論什麼，而ST的組員和壕元各以不同的表情看著他們。壕元一臉事不關己的樣子，翠和黑崎則是靜聽市川與菊川談話，山吹則是平靜地守候著兩位刑警的對談，青山看起來像是在想完全不相干的事。

市川看著百合根和赤城說：「喂，你們到哪裡去了？」

百合根回答：「去找一個以前和赤城有點關係的護理師。」

「哦？是很熟的意思嗎？」

赤城冷冷地回答：

「如果你想的是交往、男女朋友的話，不是。」

「我不是這個意思。那，問出什麼了嗎？」

百合根回答：「她也許願意協助我們，不，正確地說，是會協助赤城。」

「那好極了，醫院內部有人願意提供情報，是一大幫助。」

菊川謹慎地看著百合根，說：

「那個人是自願幫忙提供情報的嗎？」

百合根回答：「是的。」

「不是拿人家的弱點要脅吧？」

「不是。」

菊川點點頭。

市川一臉不可思議地問菊川：「怎麼說？拿什麼弱點要脅？」

「沒有，沒什麼。」

百合根和赤城也就座了。百合根更進一步說：

「那位護理師名叫城間知美，她願意幫忙提供被害者被救護車送到醫院當天平戶是否在醫院的情報，還有可能也可以多了解實習醫師小山的狀況。」

「那算什麼，」壕元露出譏諷的笑容說，「明明有四個刑警，卻非要外行人扮偵探，否則什麼都問不到嗎？」

菊川瞪壕元說：「你夠了沒？我們是要以有限的人力攻下難攻不克的城堡，你到底有沒有搞清楚狀況？」

「其他辦法多的是不是嗎？用不著找護士當密探。」

「你到底以為你是誰？」

菊川發狠了。那股威力，讓百合根也不知所措。

「現在不是起衝突的時候。」市川插進來，「阿壕，你實在太失禮了。」

「說的也是，人家是本廳大駕光臨的警部大人和警部補大人嘛，當然是我失禮了。」

他的語氣非常酸，很顯然是在挑釁菊川。不，他真正想挑釁的不是菊川，是我才對——百合根這麼想。

市川皺著眉頭說：「該做的事你都做了吧，阿壕？拿到平戶和小山的筆跡了嗎？」

「在這裡啊，一通電話就解決了。」

壕元取出夾在筆記本裡的兩張紙，看起來是傳真傳來的A4紙。

「這不是地域課的綠卡嗎？」

那是地域課請居民填寫的居民調查表，由於紙的顏色是淺綠色的，被稱為綠卡。這似乎是它的影本。

「我打電話到平戶和小山居住的轄區的地域課，請派出所幫我傳真過來。雖然是很早以前的紀錄，但筆跡不會變吧。」

百合根心想原來如此，還有這一招啊。但是，住民調查表並非包括了所有居民，平戶和小山的紀錄還留在派出所或當地的地域課，對壕元來說真是幸運。

然而，遺憾的是，這些派不上用場。

青山拿起那兩張紙說：「傳真和影印不能用。」

壕元瞪著青山說：「你說什麼？」

「要做筆跡鑑定，筆壓和筆順也是重要元素，傳真或影印就看不出來了。」

壕元鬧脾氣似地說：「既然這樣，一開始說清楚不就好了。」

「我以為這些當刑警的都知道。」

壕元別過頭去。

市川說：「平戶和小山應該都還在醫院，找個藉口，去要到他們兩個親筆寫的東西吧。」

壕元一臉嫌麻煩地皺起眉頭，站起來一言不發地出去了。

菊川火大地看著他那個樣子，對市川抱怨：「那傢伙該不會給我搞烏龍，去跟醫生講我們這邊的情報來源是誰吧。」

市川搖搖頭：「用不著擔心，別看他那樣，其實是個相當優秀的刑警。」

「優秀的刑警？實在看不出來。」

「只是一碰到本廳或方面本部的高階人士來協助，他就會故意擺出那種態度，明知道這麼做對他一點好處都沒有。」

菊川嘆了一口氣：「我不是不了解他的心情，可是他的態度會妨礙調查。」

「壕元他啊，在大學時代也算是個明星，以柔道聞名全國，他是忘不了那分榮光。他剛當上警察的時候，是個非常認真的警官，在警署柔道大賽裡也十分活躍，正因如此，才能當上刑警。可是啊，可能是認真過頭了，無法在理想與現實之間找到平衡。」

「只是還沒長大而已吧。」

「這個嘛，也可以這麼說啦。他做人不算圓融，以前在第一線可是心無旁騖地埋頭工作，可是啊我想菊川先生你也知道，是處世圓滑、考得過升級考的人才升得快，他到現在還是巡查長，而且又沒有結婚，一直窩在待命宿舍裡。」

「所以是宿舍長老了？」

「沒錯，所以他只能那樣發洩他的鬱悶。」

所謂的待命宿舍，是警察的單身宿舍，大都位於警署的最頂樓或是同一個園區裡，由於不知道什麼時候會發生案件被傳呼，所以被稱為待命宿舍。

每間宿舍通常都會有一個頭頭，經常都是無法晉升的年長巡查長，他們會幾個人結黨，聯手欺負新進警員，也曾有警員在宿舍遭到前輩霸凌而自殺，可說是原封不動地繼承了運動社團或軍隊壞的一面。

「實在不值得同情，那根本是喪家犬的心理。」

「我懂。可是，他啊，那個，一遇到高考組的，就會忍不住。」市川不好意思地朝百合根瞄了一眼，「再怎麼努力，也贏不了高考組，這點讓他很是不服氣啊。」

「目前的制度就是這樣，也沒有辦法啊。」

菊川的聲音放輕了，恐怕菊川也跟壕元有相同的感受吧，警察制度和醫療的世界一樣有數不清的矛盾。

「也就是說，我跟他是一樣的。」赤城說，「我也是無法在理想與現實的差距中找到平衡。」

才不一樣——百合根心想。

赤城與壕元不同。可是，這多半是情感上的想法，如果問他到底哪裡不一樣，他也說不上來。

「你們在說什麼？」青山問，「赤城怎麼了？」

「沒什麼。」

「真奇怪，菊川先生和頭兒都說沒什麼沒什麼的。」青山一臉懷疑地看著他們兩人。

百合根說：「我們開始開調查會議吧。」

「不，頭兒，」赤城說，「可能最好先說明一下大越和我，還有平戶和城間知美之間的事。」

百合根看著垂著眼的赤城，心想他那神情簡直就像是在悔罪。調查的對象過去曾與他有私交，他是因為一直瞞著同伴而產生了罪惡感嗎？

「沒有必要，就算不知道，也不會對調查有所妨礙。」

赤城說：「不，本來就是因為我接了法院醫療訴訟的 conference 才會有這次的事。」

「你答應那個工作的時候，又不知道是京和大學醫院的案子啊？」

「我認為還是說出來比較好。」赤城堅持。

百合根說：「既然你這麼說的話……」

赤城點點頭，從頭說起。實習時代被大越欽點的事、平戶的醫療疏失、想把過錯推給城間知美、看不下去的赤城莫名其妙替他揹了黑鍋、大越對辜負期待的赤城大怒，將他趕出醫院、赤城輾轉進了法醫學……赤城淡淡地述說事實。

ST的同伴只是默默地聽著。終於，赤城說完了。

頭一個開口的是市川：「原來如此，所以你和這次案子的直接關係人過去有許多恩怨。」

菊川問市川：「你認為在調查上會有問題嗎？」

市川瞄了百合根一眼，然後陷入沉思。

不久，市川開口道：「不，我期待赤城的，是專業知識以及熟悉醫院這個組織的制度這兩點，過去的事不重要。然而如果本人心裡有疙瘩的話，當然就另當別論。」

「我希望這次的案子，」赤城說，「能夠多少揭露出醫療制度與大型醫院的問題。然而，這不是因為我自己有心結。」

市川點點頭：「既然如此，我認為沒有問題。」

「在我看來，也沒什麼大不了的呀。」翠說，「每個人的人生都會遇到岔路，被迫做出選擇，只是這樣而已吧。你走法醫這條路走對了，很適合你呀！」

赤城點點頭：「我現在也這麼認為。」

「原來如此。」青山說，「我明白赤城為什麼會說壕元『跟我一樣』了。」

「沒錯，我們都無法拉近理想與現實之間的距離。」

「可是，不一樣喔。」青山說得乾脆，「無法拉近理想與現實之間的距離這一點是相同的，可是，赤城選擇了理想，壕元是放棄了理想，屈就於現實。」

「可是，大多數的人都只能像壕元那樣。」山吹說，「人類其實不堅強，心理學上叫作合理化吧？為了放棄遙不可及的理想，就叫自己相信理想本身是沒有意義的。」

「對，」青山點點頭，「又叫作『酸葡萄理論』。」

「好了好了。」菊川說，「這件事就到此為止。在警部大人回來之前，我和市川正在討論小山與被害者太太的事。」

百合根努力切換腦袋。

其實，他有點感動，ST的伙伴以他們的方式鼓勵赤城，他們的態度讓他感到很高興。

市川說明：「若是被害者才剛過世不久，院方與家屬之間有什麼聯絡不足為奇，但是到了這個時期還互相聯絡，我還是覺得很奇怪。」

百合根點點頭：「關於這一點，赤城和城間知美小姐也持相同意見。」

菊川說：「令人不得不懷疑小山與武藤真紀之間是否有特別的關係。」

市川向百合根解釋：「這方面的調查是刑警的拿手範圍，假如有特別的關係，往他們身邊去查，一定查得出端倪。」

百合根想起去拜訪武藤真紀之後，青山說過的話。

「青山，你說過武藤真紀背後可能有高人吧？」

「我說過這種話嗎？」

「說過啊。」

「那，大概就是當下有這種感覺吧。」

「那時候，你不是和菊川先生討論過嗎？你說可能有人教唆武藤太太，菊川先生說他覺得不合理，因為如果是爭取賠償金的民事訴訟，在背後穿針引線有利可圖，但教唆別人提出刑事告訴，什麼好處都沒有。」

「我也記得。」菊川說，「所以我也和市川談到，實在猜不透武藤真紀和小山的關係。」

百合根問翠：「他們兩人的語氣怎麼樣？」

「語氣？」

「通電話時的語氣，沒聽到交談的內容沒關係，但妳聽得到他們的語氣吧？」

「就很普通。」

「沒有爭執吧？」

「完全沒有，就是很平常，甚至有點公事化。」

「可見得他們兩人的關係並不是對立的。」百合根說，「這樣的話，就像青山感覺到的，很有可能是小山躲在武藤真紀背後，叫她提出刑事告訴。」

「為什麼要這麼做？」市川困惑地說，「誰也沒有好處。」

「會不會是為了讓醫院的什麼人失勢？」百合根邊想邊說，「可能是私怨。」

「是想讓誰失勢呢？」市川問。

「被害者的主治醫師是平戶醫師，而他上面是大越教授，如果他們兩人失勢的話……」

「他們兩人不在了，小山就能出頭嗎？」市川問百合根。

赤城回答了這個問題：「不，不能。他的立場會變得很尷尬，畢竟小山是被平戶收留的。」

市川皺起眉頭：「收留？」

赤城點點頭：「沒錯。小山生長於外縣市的一般上班族家庭，醫局不太歡迎這樣的實習醫師，誰都不想當他的指導醫師，聽說是平戶收留了他。」

「為什麼誰都不願意當他的指導醫師？」

市川這麼問，赤城便加以說明。聽著赤城的說明，市川露出悲傷的神情，而菊川則是一臉厭煩。

「所以，」赤城說，「如果平戶失勢了，小山的立場反而會更弱，搞不好會是致命傷。」

赤城說的沒錯，這並不合理。看百合根沉默不語，青山說：

「頭兒你忘了一件重要的事。」

「什麼事？」

「勸別人提出刑事告訴，並不構成犯罪。」

青山說的沒錯。那純粹是建議，與犯罪是兩回事。

青山又說：「假如小山真的教唆被害者的太太提出刑事告訴好了，這也會使他自己必須受到警方的調查，這不是很奇怪嗎。」

「可是，小山和武藤真紀互相聯絡這件事，不是很令人起疑嗎？」

「我是說，頭兒的假設是說不通的。」

「話是這麼說沒錯……」

青山說：「如果反過來就說得通了。」

「反過來？」

「小山說服武藤太太撤回告訴之類的。」

百合根陷入沉思，市川和菊川也看向青山，苦思著。

「可是呀，」翠說，「電話是武藤太太打來的哦，不是小山打過去的。」

菊川按著眼頭，「愈來愈混亂了。」

市川說：「在醫院很難辦事，把小山請出來問他吧。」

「說的也是，在偵訊室慢慢問，也許會搞清楚一些事情。」菊川站起來，

「我這就去拉他出來。」

「啊，我也去。」

百合根也站起來，和菊川一起前往醫院。

＊

他們在醫院大門遇到壕元。

「幹嘛？該不會是來監視我有沒有好好工作吧。喏，看到了吧，我請他們兩人寫了姓名住址。害我等了八百年就是了。」

壕元從西裝的內口袋取出摺起的紙，打開來給他們看。

菊川說：「我們是來請小山跟我們去警署的，你也來。」

「找小山？」

「小山現在在哪裡？」

「內科的診察室。」

「走吧。」

菊川在醫院裡大步前進，壕元斜眼瞄了百合根一眼便跟著菊川走，百合根變成跟在他們兩人後面。

菊川到內科櫃台表示要找小山。

「醫生正在看診。」

身穿制服的女職員嫌惡地說。

「我知道。」菊川發狠，「但是，我們非見他不可。」

櫃台女職員的臉色有點變了。

「聽清楚了，我不是來玩的，這是公務，妳敢作怪，我就以妨礙公務逮捕妳。」

菊川一定是對醫院的妨礙滿肚子氣，這名女職員是出氣筒。

「請稍等一下。」那名職員退到後面去了。

等了三分鐘。她再度出現，很不高興地說：「請進。」

診察室前有好幾個身穿睡袍的患者，大概是輕症的住院患者來看診吧，他們一臉懷疑地看著三位警官。

小山看到百合根他們，也不慌張，「請問有什麼事？」

「有事想請教你。」菊川說。

「如果是關於TEN患者的刑事告訴，請去問平戶醫師，我什麼都不知道。」

「是醫院交代你這麼說的吧？」

小山注意到警方的語氣和上次見到時明顯不一樣了嗎？

百合根心想。如果小川注意到了，一定明白菊川是認真的。

「是的。」小山很乾脆地承認，「是有這樣的交代，我們無法反抗醫院的指示。」

「我想你最好明白，配合警方才是明哲保身。」

菊川才說完這句話，診察室的拉門就打開了，一名身穿西裝、頭髮剪得整齊到近乎神經質的眼鏡男出現了。

雖然是頭一次見面，但百合根立刻就知道他是什麼身分。

菊川狠狠瞪著那名男子說：「我們正在忙。」

「你們這樣闖進來為所欲為，我們無法接受。」

男子以右手食指推了推眼鏡。

「你是？」菊川瞪著他問。

「我是這家醫院的顧問律師，坂卷貞道。」他取出名片，交給菊川。

菊川接過來，看看名片又看看坂卷。

「可以惠賜一張名片嗎？」

菊川一語不發，取出名片遞過去。

「負責的是你嗎？」

「階級最高的是那邊那位警部大人。」

坂卷看看百合根：「警部？好年輕啊，高考組嗎？」

百合根不答，遞了名片，坂卷也拿了名片給百合根。這樣的光景在電視劇很少見，但其實刑事在查訪時，經常會給對方名片。

「聽說幾天前就有警方的人在醫院裡晃來晃去，造成業務上的妨礙，若不馬上停止這樣的行為，我們將採取法律措施。」

「這根本是虛張聲勢，你們辦不到。」菊川說，「我們是在偵辦刑事案件。」

坂卷不理菊川，看著百合根說：「警部先生，你應該明白吧？若明顯影響業務，法院也不會默不作聲的。」

百合根對他自信滿滿的態度實在反感，「我會讓法院相信是你們妨礙偵查。」

坂卷不為所動，說：「你們的行為已經觸法了，非法侵入。院方並沒有同意警方進入境內，你們若是沒有法院的命令，請立刻離開這裡，並且不要再踏進醫院一步。」

菊川嗤笑道：「非法侵入？能告就告告看啊！那來醫院的患者全都非法侵入了。」

坂卷對菊川投以輕蔑的眼神：「患者是為了治療來到這裡，醫院加以受容，但是你們的情況不同。在此我要清楚宣告，你們在沒有法院命令的情形下再次踏進醫院一步的話，我們真的會採取法律措施。」

菊川應該也明白對方這些話的正當性。

警察的查訪是以對方的善意配合為前提，換句話說，要對方願意。強制搜查需要法院的命令，所以當然不能強行帶走小山，一定是要他願意配合。

「我們撤退吧。」百合根只能這麼說。

「可惡！」菊川瞪著坂卷，「別以為我們會就這樣算了。」

「真沒品！」坂卷皺起眉頭笑了，「簡直像黑道，警部先生，勸你好好教育一下部下。」

開什麼玩笑，我怎麼可能教育得了菊川，百合根邊想邊離開了診察室。

「可惡！」菊川又罵了一次。

生氣的不只是菊川，百合根也是一肚子火。

「哎，就是這樣囉。」壕元事不關己般說。

菊川凶狠地瞪著壕元，他還沒來得及破口大罵，百合根就飆出一句：

「吵死了！給我閉上你的嘴。」

＊

他們先回品川署，將坂卷的事告訴了市川與ST眾人。

市川苦著臉說：「這麼大的醫院，會請律師也不意外。好啦，接下來該怎麼做？」

菊川還是一臉怒氣，說：「想問小山，就只能到他家逮人了。」

赤城說：「或者是他兼差的醫院。」

市川說：「再去問問被害者的太太吧？這段期間，也許那位護理師，城間小姐會有情報。」

菊川點點頭：「我去。」

「不，這次換我去吧。」市川說，「你現在那張臉會把武藤太太嚇壞的。」

「我也去。」

聽百合根這麼說，青山好像很開心，說：「那我可不可以也一起去？」

菊川對青山說：「你要做筆跡鑑定，壕元弄到平戶和小山的筆跡了。」

壕元取出摺起來的紙，遞給青山。青山一臉掃興地看著那幾張紙。

13

武藤真紀眼神嚴厲地迎接百合根與市川。

「起訴有眉目了嗎？」她在門口問他們兩人。

「很多事情都有待調查，」市川說，「沒有那麼簡單。」

「請揭發醫院的罪行。」

「我知道，所以我們有點事情要請教。」

武藤真紀輪流看了市川和百合根，臉上忽然出現不安的表情。

「請進來吧。」

百合根他們被帶到客廳，充滿新房子氣味的客廳。和上次來訪時一樣，屋裡收拾得很乾淨。市川與百合根並肩在沙發上坐下，百合根打開了活頁筆記本。

武藤真紀在準備泡茶，市川向人在廚房的她喊道：「啊，不用麻煩。」

可能是被他的聲音嚇到吧，隔壁房間響起了嬰兒的哭聲。

武藤真紀說聲「不好意思」，消失在哭聲作響的房間裡。於是，他們被晾在客廳十分鐘，孩子才安靜下來。這段期間，百合根與市川幾乎沒有交談。市川深知他該做什麼，百合根很信賴他。

武藤真紀一在沙發上坐下，市川便開口：

「現在妳也與京和大學醫院的人保持聯絡嗎？」

武藤真紀露出有點驚訝的表情，搖搖頭：「沒有，事到如今，已沒有必要與醫院的人聯絡。」

「是嗎？那就和我聽到的有點出入了。」

武藤真紀不悅地看著市川：「你在說什麼？提出告訴的是我，警方是站在我這邊的吧？」

市川搖搖頭：「我們沒有選邊站，我們只確認事實，如此而已。」

市川的語氣平靜，但這幾句話似乎對武藤真紀造成了巨大的影響，她的表情更僵了。市川趁武藤真紀心情大受震盪時說：「我聽說妳打電話給京和大學醫院的小山省一。」

市川深知如何動搖對方的心理。武藤真紀用力握緊了交握的雙手，手指交握的部分都變白了。

「這是誰說的？」

市川不回答武藤真紀的問題：「妳知道小山省一吧？」

「知道，是實習醫師吧？」

「妳是為了什麼事打電話給那位實習醫師？」

「我沒有打電話給他。」

「妳確定？」

「當然。」

市川無言地看著武藤真紀，向她施加壓力。

「不說實話，對妳沒有好處。我們的情報很確實，妳若說謊，我們就不知道究竟是為何要展開調查了。是妳對醫院提出刑事告訴，我們為此才進行調查的，這一點必須請妳弄清楚。」

武藤真紀默默地低著頭。

百合根說：「我們不是在責怪妳，只是想知道事實。我們必須盡可能知道最多的事實，而且是正確地了解，否則既無法起訴，也無法進入審判程序。」

武藤真紀繼續保持沉默。

市川語氣平穩地問：「是有什麼不能告訴警方的苦衷嗎？」

武藤真紀抬起頭來，她的表情已經失去了剛才的力道。

「不是那樣的。」

「我再重新問一次，妳是否打了電話給小山省一？」

武藤真紀全身無力，虛脫。

百合根因為工作性質的關係，沒什麼機會看到偵訊室裡犯人開始自白的那一刻，也就是「卸下心防」的瞬間。然而，他認為，武藤真紀此刻的狀態，一定像極了那「卸下心防」的瞬間，換句話說，她已經準備好說出事實了。

武藤真紀開始娓娓道來：「我先生去世的時候，主治的平戶醫師幾乎沒有給我像樣的說明。平戶醫師說他死於肺炎，因流感惡化，引發肺炎。我問他說，那麼他全身的發疹和脫皮是什麼原因？平戶醫師沒有直接回答，說是原因不明。」

市川沒有插嘴，靜靜聽她說來，百合根也學市川，沒有多嘴，只是聽。她現在想把事情說出來，不能打擾她。

「又不是老人或小孩，怎麼會死於肺炎？我向平戶醫師這麼說，他說只要體力衰退，成人也可能會這樣，我實在無法接受。那時候，站在我這邊的，只有小山醫師。小山醫師對我說，也許醫院這方面有疏失，所以我才會提出醫療訴訟。」

市川問：「妳是說，提起醫療訴訟的原因，是小山省一的一句話？」

「小山醫師為我詳細說明了外子被救護車送到醫院之後的經過。他說救護車到院時，值夜班的是一位姓達川的實習醫師，達川醫師向平戶醫師聯絡，向他請求指示。聽小山醫師說，如果當時處置得當，外子也許能救回一命……」

百合根心裡出現了疑問：小山為什麼要說這種話？醫院沒有盡最大的努力嗎？他對家屬說這些有什麼好處？

「平戶醫師接到聯絡以後，是否趕往醫院了呢？」市川問。

「我想當然是趕過去了。」

「妳是在妳先生失去意識之後，才接到醫院的聯絡吧？」

「是的，在天快亮的時候。」

「距離妳先生被送到醫院大約過多久？」

「超過五個小時。」

「妳到醫院時，見到平戶醫師了嗎？」

「嗯，因為確認外子死亡的就是平戶醫師。」

「那是下午的事了吧？妳趕到的時候，平戶醫師正在為妳先生治療嗎？」

「這個，」武藤真紀垂下雙眼，「我不記得了。」

「妳不記得？」

「我自己也覺得不可思議，但那時候的記憶不是很清楚，腦子裡很混亂，連我自己都覺得當時自己非常慌亂，關於那天的事，我只記得片段。外子在加護病房裡，我沒有辦法陪在他身邊，直到他快斷氣之前，才被叫到他身邊。」

「當時，平戶醫師就在旁邊吧？」

「在。」

「請妳仔細回想一下，妳先生被救護車送到醫院，過了五個小時，妳被叫去，當天下午，妳先生就過世了。妳頭一次和平戶醫師說話是什麼時候？」

「民事法庭的時候，我也試著回想過好幾次，可是就是沒辦法明確地想起來，因為我一直相信是平戶醫師幫外子治療的。」

「妳是說，妳以為？」

「因為夜班的達川醫師，小山醫師，護理師等人都異口同聲地說，平戶醫師的確半夜趕來。」

「他們在法庭裡是這樣作證的？」

「在法庭裡是這麼說，對我也是這麼說，在我趕到醫院的時候。護士小姐說平戶醫師現在正在為必要的治療做準備；達川醫師說平戶醫師現在不在場，但很快就會回來；小山醫師也說，是由平戶醫師直接指示進行治療。」

「可是，並沒有確認吧？」

「在審理的時候，醫院提出了出勤簿，就是記錄出勤和下班日期時間的文件。在那份文件上，平戶醫師的確是九日凌晨一點出勤的。」

百合根心想，有必要調查一下出勤紀錄是怎麼運作的。

「妳說小山醫師站在妳這邊，具體上是？」

「他鼓勵我，說不能讓我先生白白死去，說我應該奮戰到底，所以我才提出民事訴訟，要求賠償。」

「小山醫師有沒有向妳要求什麼？」

「沒有，什麼都沒有。」

是不是打算等勝訴了獲得賠償以後，再提出要求呢？

百合根心想，青山說的沒有錯，是小山的話從推了武藤真紀一把，她是因此而決心提起民事訴訟，然而事情就只有這樣嗎？

「這個問題可能有點失禮，請妳不要介意。」市川問，「後來，妳與小山醫師有私人的交往嗎？」

武藤真紀看來是理解這個問題想問什麼：「沒有，我們沒有這樣的交往。」

市川點點頭。

他接受了這個答案？

市川又重複了先前的問題：「今天妳曾經打電話給小山醫師吧？是為了什麼事情打給他呢？」

「我感到很不安。」

「不安？」

「警方沒有給我任何進一步消息，我一直很煩惱，不知道提出刑事告訴到底對不對。我開始覺得，應該要在民事訴訟敗訴的階段，就結束一切過平靜的日子，所以我忍不住打了電話給小山醫師，因為我沒有別的人可以依靠。」

市川微微蹙起眉頭：「妳和小山醫師商量過刑事訴訟的事嗎？」

「民事敗訴時，他跟我聯絡，說不能這樣就放棄，還有刑事告訴這個辦法。他說，錢不是一切，有必要讓社會大眾知道，外子是草率醫療的犧牲品。」

百合根不禁輕輕點頭。果真和青山說的一樣，刑事告訴並不是出於武藤真紀堅強的意志，而是小山促成的。

「你們今天具體上談了什麼？」

市川這麼問，武藤真紀無力地回答：「我問他是不是應該撤銷告訴。」

「撤銷告訴？」

「是的，我真的很想做個了結。外子再也不會回來，像這樣又是訴訟又是提告的，不斷牽扯到外子的死，不管再過多久，我都沒有辦法走出去。都已經過了三個月了，我現在還無法把外子的死當作過去的事。」

市川聲音平冷地問：「那麼，小山醫師怎麼回答？」

「他要我再加把勁，說辛苦一定會有回報。」

「這是醫院方面一定會有人被問罪的意思嗎？」

「我是這麼認為的。」

「小山醫師有沒有對妳說具體上誰有什麼過失？」

「沒有，這個他沒有告訴我。」

「了解。」市川似乎在思索什麼，過了一會兒，他又問，「妳和小山醫師保持聯絡的事，為什麼要瞞著我們呢？」

「是小山醫師交代的。我們私下聯絡的事，要是被醫院那邊知道了，他一定會受到處分，而我和醫院那邊的人有交流，也一定會被懷疑，所以他要我保密。」

「這實在不怎麼明智，千萬不能小看警方的調查能力。」

「除了小山醫師，我沒有別的人可以倚靠了，那時候我是真的這麼覺得。」

「這也難怪，不過從現在起，請妳相信我們。我們就像現在這樣，正盡最大的努力進行調查。」

「我不想聽到盡最大的努力這幾個字，我先生過世的時候，我不知道聽醫院的人說了多少次『我們已經盡最大的努力治療了』。」

市川什麼都沒說。

今天武藤真紀的談話中，有一點一直掛在百合根心上，他便發問了。

「平戶醫師說，妳先生的死因是肺炎，是嗎？」

「是的。」

「沒有進一步的說明嗎？」

「沒有。」

「妳針對全身皮膚發疹請求說明的時候，也沒有像樣的說明？」

「是的。」

「好奇怪啊。」

「哪裡奇怪？」

「病歷上明記了SJS這幾個字，我以為他當然會向妳說明的。」

武藤真紀思索了一下。然後她說：「京和大學醫院那些了不起的醫生，對重要的事幾乎都不肯說明，就算是說明時，也故意使用外行人聽不懂的專業術語，一副『怎樣？跟你說了你也聽不懂吧？』的態度，反正他們就是不想向患者說明。」

「妳認為平戶醫師是因為這樣所以沒有說明？」

「是的。」

「或者，」百合根邊思索邊說，「平戶醫師在妳先生過世的那個時候，會不會沒發現是SJS？」

「不可能的。在法庭上，平戶醫師作證說，因為懷疑有SJS或TEN的可能性，做了相關的處理。」

「那麼，為什麼在醫院裡不這樣說明呢？」

「這我就不知道了，我在醫院沒有得到說明，這是事實。」

百合根針對這個矛盾加以思考，也許這就是醫院的弱點。

「今後妳還打算和小山醫師聯絡嗎？」市川問。

「不了，我想今天是最後了。」

「妳的意思是，要撤銷告訴？」

武藤真紀搖搖頭。

「不，不是的。我已經決定了，能撐多久就撐多久。我的確是很想盡快讓外子的死過去，將一切埋葬起來。然而這樣不明不白的，事後留下遺憾，也許反而更忘不了，而且……」

武藤真紀垂著雙眼：「外子在世時，我實在不是個好妻子，帶孩子讓我好累，我把情緒全都發洩在外子身上，為了贖罪，我也想弄清楚他到底是怎麼死的。」她朝孩子睡的房間看，「而且，我也想在那孩子長大之後，把官司、刑事告訴的事好好地告訴他。」

市川點點頭：「我明白了。」

「警察先生，」武藤真紀重新再問，「請你老實告訴我，能證明醫院有疏失嗎？」

市川以食指搔搔太陽穴：「這個，是要由檢察官來判斷，我們警察是不能作主的。這次的案子調查起來，與我們平常經手的凶暴犯有點不同，老實說相當吃力。平常遇上案件，就是要找出嫌犯，逮捕犯人，要犯人自白，這樣我們的工作就算完成了。業務過失的案子，實在棘手啊。」

武藤真紀沒有再問下去的意思。

百合根也想對她說些什麼，但是，他不知道該說些什麼才好，結果就依照慣例道了謝，和市川離開了武藤真紀家。

＊

一走出公寓，市川便說要稍微訪問一下兩邊鄰居，百合根吃了一驚，這樣做簡直就像在懷疑武藤真紀。

「沒什麼，只是確認一下，看看小山是否曾經出入武藤真紀家、武藤真紀是不是經常外宿……」

「要確認他們是不是有私下往來是嗎？」

「對。她本人否認，我們加以證實，這就是警察的工作。」

市川真的拜訪了兩邊鄰居，問他們有沒有特定人物造訪武藤真紀家。結果，得知了武藤真紀所言應該屬實，假如兩人交往的話，一定會有人看到。

市川滿意了，決定回署裡。百合根對市川的工作態度表達敬意，同時也對警察因為工作不得不經常懷疑別人感到有點悲哀。

14

百合根回到品川署時，已經快八點了，好漫長的一天，他累得筋疲力盡。

天氣驟然生變，回到署裡時，外面開始雷聲作響，初夏的雨即將降臨。

其餘的人都在那個充滿汗味的房間到齊了。沒有人先離去，大家都在等百合根他們回來。菊川也就算了，連ST的組員也全都在，百合根有點驚訝，尤其青山還在最令他意外，因為無論位於何時何處，他都是頭一個想回家的。

「怎麼樣？」

菊川問，市川回答：

「武藤太太的確打了電話給小山。」

「為了什麼？」

「這得要依照順序說了，總之，小山給了武藤太太很多建議。」

「建議？」

「武藤太太之所以提起民事訴訟和刑事告訴，全都是小山力勸的結果。」

百合根說：「這一點，和青山說的一模一樣。」

青山一副毫不關心的樣子說：「我就說我不記得了。」

菊川說：「從頭詳細說吧。」

市川開始說明。他的說明深得要領，既沒有加入主觀，也沒有資訊不足的部分。百合根心想，真不愧是資深刑警。

以菊川為首的眾人都傾聽市川的說明，然而每個人專心的程度各有不同。壕元依舊是一副局外人般待在旁邊，青山看起來好像在想別的事。

市川一說完，出現了一段短短的沉默。

市川對百合根說：「有沒有要補充的地方？」

「沒有。」百合根回答，等著看誰會發問。

第一個提問的，果然是菊川。

「真不明白小山的意圖，他真的什麼要求都沒有嗎？」

「這一點我覺得武藤太太沒有說謊。」

市川回答，百合根也有同感。

「也沒有男女關係是吧？」

「恐怕是沒有，雖然只稍微查訪了一下鄰居，但沒有他們在公寓裡碰面的形跡。武藤太太忙著照顧孩子，不會長時間外出。」

菊川陷入沉思。百合根問赤城：「這一點你怎麼想？」

赤城抬眼瞄了百合根一眼，然後回答：「不知道。」

百合根繼續問：「若醫院有人被逮捕，實習醫師小山會有什麼好處嗎？」

赤城立刻說：「沒有，之前也說過，小山是被平戶收留的，平戶一失勢，小山也就無處可去了。」

菊川又說：「武藤太太說她趕到醫院時，不記得平戶在不在是怎麼回事？一個人可能會這樣嗎？會不會是在說謊？」

市川的表情顯得有些困惑：「這一點，我也認為她沒有說謊。」

百合根說：「我也這麼覺得。」

「可是，才三個月前的事，怎麼會想不起來？」

「菊川先生，你昨天早上看了早報嗎？」青山唐突地問。

「看了啊。」菊川訝異地回答。

「頭版是什麼？」

「頭版？我哪記得。」

「你連昨天的事都想不起來了。」

「這和那不能相提並論吧，那是她丈夫的主治醫師吔。」

「當時，武藤太太並不知道主治醫師是誰。」

「你說什麼？」

「她趕到醫院的時候，應該不知道誰是主治醫師才對。她又不知道有平戶這個醫師，然後因為不知如何是好，心裡很慌亂，所以不會記得身邊出現過什麼人，還有啊，記憶大部分是被製造出來的。」

「記憶是被製造出來的？」

「對。人們都以為自己是把經歷過的事直接記起來，可是其實很多部分是被別人替換掉了，尤其是幼兒時期的記憶，很多都是事後被換掉的。」

「那又怎麼樣？」

「武藤太太在民事審理的過程中，一定聽了好幾次醫院的人作證，說當晚平戶在醫院進行治療。由於證詞一致，法官也認定是那樣，於是武藤太太也就會認為平戶是在醫院。我想恐怕在法院做出判決時，武藤太太就覺得她趕到的時候，平戶就在醫院裡。」

百合根在心裡反覆思索青山說的話。有道理，可能真的就像青山說的那樣。市川和菊川也一臉思索地看著青山。

「照你這麼說，」菊川說，「被害者被送到醫院的那個夜裡，平戶不在醫院了？」

「這件事，百合根也提到了。」市川說，「平戶對於被害者的死因只說是肺炎，發疹的原因則說是不明，為什麼不說是SJS呢？」

百合根又徵求赤城的意見：「你覺得可能是什麼狀況？」

「愈是大牌的醫生，愈不想向患者說明。曾有位大學教授對報社記者說：『社會大眾嚷嚷什麼知情同意（informed consent），對沒有醫學知識的人說明，他們懂個屁。』醫大教授的認知就是這樣。」

「武藤真紀太太也說了類似的話。她說，京和大學醫院的那些醫生，好像都懶得說明。」

「另一個可能是，一直到患者死亡，他都不知道是SJS。」赤城說。

「可是，武藤太太說，宣告死亡的是平戶醫師。」

「可能只是臨終時在場而已，武藤太太並沒有看到平戶治療被害者吧？」

「她說她不記得了。」

「換句話說，沒有確認過。」

「平戶醫師沒有治療被害者？」

「這並非不可能，青山鑑定那份病歷的結果，也證明了這一點。」

市川看著青山說：「對了，我還不知道鑑定的結果。」

青山看也不看筆記就開始說：「病歷上有三個人的筆跡。二月五日，是第一個人的筆跡，應該是負責門診初診的醫生的吧，後來就沒有出現了。同一天，到內科之後頭一個筆跡，這確實是平戶的字，之後寫處方箋的，是另一個人，和小山的筆跡一致，二月八日複診那天，從頭到尾都是小山的筆跡。」

「問題是寫在複診那天病歷上的SJS那幾個字。」赤城看著百合根說。

青山解釋：「那些字，很有可能是平戶的筆跡，而這幾個字寫在小山的紀錄和處方之間，突然插進來。還有，寫這幾個字的時候，和初診那天寫字的時候，處於不同的心理狀態。」

「處於不同的心理狀態？」百合根問，「這是什麼意思？」

「初診那天，平戶的字接近草書，是專家在工作中寫字時常見的寫法，也就是說這是他們日常習慣的行動。可是，應該是後來才補上的SJS那幾個字，寫得非常工整，不是草書。從筆壓看來，也顯示了字是慢慢寫上去的。」

「這代表了什麼呢？」市川皺著眉喃喃地說。

青山聳聳肩：「這我就不知道了。不過可以確定的是，他不是在平常草書寫病歷的那種狀況下寫的，可能是刻意寫得工整，好讓每個人都看得懂，也可能是邊想事情邊寫，這只有問本人才知道了。」

菊川邊思考邊說：「萬一被害者被送進醫院那天，平戶沒有到醫院，而是把治療交給實習醫師，這樣能說他業務過失致死嗎？」

赤城一臉疲倦地搖頭：「沒辦法吧，實習醫師也是有醫師執照的醫師，不能因為是由他們來治療就追究醫院的過失。」

整個會議室都籠罩在苦悶的氣氛之下。

「病歷竄改也沒有刑事罰則，」菊川說，「民事也輸了。」

「平戶可能沒有發現患者是SJS或TEN。」百合根說。

赤城搖頭：「你冷靜一下，頭兒。誤診不是犯罪，只是醫生能力的問題。」

「那麼，就算平戶負責的患者處於緊急狀態，而他不在醫院，也不能問他的罪了？」市川冷靜地說。

「不能起訴。」菊川雙手用力猛搓出油的臉，然後嘆了一口氣，說：「看樣子，可能被壕元說中了。」

百合根以為壕元一定會露出得意洋洋的神情，朝他瞄了一眼，沒想到壕元竟一臉嚴肅，他滿臉苦澀地思索著。

「今晚就先解散吧。」市川說，「大家都累了，也許明天會有什麼好主意。」

大家都準備站起來時，壕元說：「怎麼好像準備棄械投降了？」

百合根以為壕元又要來幾句酸言酸語了，正不耐煩時，只聽壕元繼續說：「過去曾有醫療疏失被追究業務過失致死的例子，留下了判例，這不正是我們的優勢嗎？」

菊川意外地看著壕元，百合根也是同樣的心情，不明白壕元怎麼突然展現出幹勁來了。

「在那個判例當中，問題出在醫師對用於手術的人工心肺知識不足，而且還竄改病歷，試圖隱匿證據等等，被法官視為居心不良，逮捕了醫師，這次我們照樣也可以走這一招啊。」

他的確很用功，百合根這麼想，然而他還是沒有抓到重點。

壕元所說的案例是發生在一家有名的私立醫大醫院，是手術疏失，由於對人工心肺的知識不足，使用方法錯誤，而且對事後的處置竄改紀錄，試圖隱瞞失誤，最後執刀的醫師被捕，百合根認為這個案例和他們這次的案子性質不同。

「已經說過，誤診不能當作業務過失，和隱瞞手術疏失的那個案子不同。」市川說出了百合根的想法。

「可是啊，」壕元不肯退讓，「怎麼能原諒那種醫生呢！還有那個律師也是。」

「總之，今天先解散。」市川這一句話，讓大家決定回家。

臨走之際，百合根偷偷問青山：「你覺得壕元突然改變是為什麼？」

「他找到新的出氣筒了。」

「新的出氣筒？」

「他那個人，不反抗誰就活不下去。一開始他把頭兒當作最好的目標，可是在出入醫院之間，找到了更令人生氣的傢伙，那就成了他的新目標，只是這樣而已啦。」

一定是在醫院遇到的那些大牌醫師和律師坂卷吧。

「真教人受不了啊。」

青山打了一個哈欠：「對，一心只想著要故作姿態，真教人受不了。可是啊，他認真起來了倒是真的。」

「認真起來了？」

「原因我是不知道，不過大家在說沒辦法起訴，說著說著他就變成那樣了。」

百合根心想，一定又是赤城不可思議的力量促成的吧。

不，現在他已經不覺得那麼不可思議了。一定是赤城深藏於內心的鬥志，感染了同樣心中充滿熱情的那些人吧。聚集在赤城身邊，想幫助他的那些人，豈不是一個個都有一身專業知識卻有志難伸嗎？一定是這些無名英雄感受到了赤城內心深藏的熱情吧，百合根這麼想。

壕元會有那種反社會的態度，就像青山說的，是為了故作姿態吧，他對現狀感到不滿，一直認為自己應該得到更多回報，也許是赤城暗藏的熱情，對他那負面的熱情產生了作用。

「我要回去了，拜啦。」青山走出會議室。

我也下班吧，百合根心想。今天累壞了，又找不到可以追究京和醫院任何人業務過失致死的眉目，有種徒勞無功的空虛感。也許到了明天會有什麼進展，只能這麼期待了。

雨勢變強了，一來到外面，大滴的雨水打在柏油路面上，街上的燈光照亮了人行道，雨又更加深了百合根的疲勞感。

15

毫無進展地過了兩天，刑警們的話愈來愈少，百合根也覺得不知道該怎麼想才好了。他想把目前為止所知的事情整理一下，卻整理不出頭緒。

武藤嘉和被救護車送到醫院那晚，平戶很有可能不在醫院，然而這並不構成犯罪。就像赤城說的，值夜班的實習醫師也是擁有醫師執照的正牌醫師，醫師對患者進行了診療，所以也不能說醫院有錯，就算平戶沒有趕到醫院，全都交給實習醫師處理，這也只是醫德有瑕疵，不算是業務過失。雖然有竄改病歷的嫌疑，但竄改病歷無刑責可罰；平戶可能沒診斷出武藤嘉和的

SJS或TEN，但這也像赤城說的，誤診並沒有觸犯刑責。

這麼一來，就不得不說，武藤真紀果然是打了一場沒有勝算的仗。民事法庭都敗訴了，刑事告訴也不會有勝算。百合根的心開始傾向這個方向，每個人一定都這麼想。

山吹和黑崎把民事審理時公開的文件重看了好幾遍。據山吹說，單就文件來看，民事法庭的判決並沒有不妥。

既然如此，小山為什麼要勸武藤真紀提出刑事告訴呢？小山的意圖實在令人費解。

唯一的希望是赤城，但他本人比刑警更加沉默，悶不吭聲地沉思，表情嚴峻得讓人不敢向他搭話。

第三天下午，護理師城間知美打電話給赤城。赤城只說了聲「知道了」，立刻就掛了電話。

「她怎麼說？」菊川問赤城。

「她說明天她不用當班，要我去找她。」

菊川對百合根說：「就交給警部大人和赤城了，請你們去聽她怎麼說。」

菊川的聲音顯得很無力，他也認為這場比賽輸定了嗎？百合根有無力感，覺得去拜訪城間知美也不會有用。他知道自己變得無精打采，非常悲觀，然而也無可奈何。

聽市川說，檢察官沒有什麼特別的指示，向他報告了目前為止的調查結果，也只是點頭而已，也許連檢察官也沒有幹勁。百合根的心情愈來愈悲觀。

這間會議室沒有窗戶，好想呼吸一下外面的空氣。

＊

翌日上午，百合根和赤城一起前往城間知美的住處。

「城城，來，進來吧。」

門一開，城間知美便露出慵懶的笑容說。

他們和上次一樣圍坐在餐桌旁，城間知美為他們泡了紅茶。

「我找到武藤嘉和被救護車送到醫院那晚值夜班的護士了。因為不是內科的護士，花了一點功夫才找到。」

赤城仍是惜話如金，只問：「然後呢？」

「一開始，她是說平戶確實趕到了醫院。」

「一開始？」

「她說，醫院有指示，要說平戶已趕到醫院為患者治療，所以所有人都先講好，要當作那天夜裡平戶在醫院。」

「妳是怎麼問出來的？」

「很多人都看不慣醫院的做法。」

「可是，」百合根說，「就算平戶那天夜裡不在醫院，也不構成犯罪。」

赤城點點頭。

「如果沒有醫生會是問題，但有值班的實習醫師達川為被害者診療，法律上是沒有問題的。」

「那，你為什麼叫我去調查當晚的事？」

「我本來以為，平戶當晚的行動會是關鍵，但是看樣子，靠這一點沒有辦法起訴任何人。」

赤城顯得無精打采。果然連赤城也打算放棄了嗎？百合根的心情愈來愈鬱悶了。

突然咚的一聲好大的聲響，讓百合根嚇得抬起了頭。

原來是城間知美重重地將馬克杯朝餐桌上一放，瞪著赤城。美人生起氣來的表情也是頗嚇人的。

「城城，你說過吧，你要和大越打一仗，可是你這沒出息的態度算什麼？簡直就像已經認輸了。」

赤城一句話都沒有回。百合根本來期待著赤城會再度燃起熱情，但他還是照樣悶不吭聲地沉思著什麼。

知美更加煩躁地說：「你又要當喪家犬？你被大學裡的每一個醫局拒於門外，你忘了那次的屈辱了嗎？」

他們不是來這裡吵架的，百合根想設法避免氣氛變差，卻不知道該說什麼才好。他不希望說錯話以至於火上加油，只能不知所措地看著他們兩人。

赤城抬眼回視知美，百合根以為他要反擊，與她針鋒相對，這麼一來就免不了大吵一場。

「我可不打算當喪家犬。」赤城說，「我只是說，就算平戶那晚不在醫院，也不能拿這一點來問罪。」

「法律的事我不懂，但實習醫師是什麼樣子你也知道吧！把重症患者交給實習醫師負責，形同殺人。不設法改變這一點，會有更多人像武藤先生那樣，明明不必死卻白白送命，這叫家屬情何以堪。還有，我們也是，在醫療現場的我們，看著患者死去是很痛苦的，眼睜睜看著適當處置就不會死的患者死去，更是令人難以承受。」

「我知道。」

「那就不要放棄啊！」

赤城極其冷靜：「我從來沒有說我要放棄。」

「可是，你不是說無法問平戶的罪嗎？」

「我說的是，如果光就救護車送患者那天晚上的事來說，是沒有違法，可能也沒有過失。」

「把TEN患者交給實習醫師的那個段階就是過失了。」

「律師恐怕不會這麼認為。」

「那要怎麼辦？」

「叫達川是嗎？那個當值的實習醫師。」

「對。」

「我想知道達川是怎麼處理的。」

知美點點頭：「這個我也詳細問清楚了。據輪班的護士說，他束手無策，呆了一會兒，那是他們從沒見過的症狀，畢竟TEN的病例很罕見。他下令做血液細胞計算和生化檢查，指示先以點滴打生理食鹽水，患者失去意識之後，開始讓患者吸氧氣，裝生理訊號監測器。看了護士拿來的病歷，立刻說要與主治醫生平戶聯絡。」

「可是，平戶沒有來。」

「對，小山代替他來了。」

「果然。」

「小山和達川兩個人想辦法救人。這段期間，護士聯絡家屬，太太趕來了，當時患者能自行呼吸，在這個階段生命跡象還算穩定，所以就決定觀察。到了早上，平戶來上班，立刻看了患者，但已經回天乏術了，結果由平戶宣告患者死亡。」

「平戶有沒有對小山說什麼？」

「不知道，護士不知道這麼多。」

百合根心想，幸好赤城沒有因為知美說的話生氣。赤城可能注意到了什麼百合根他們不懂的點，這樣的期待開始在他腦海中萌芽。這時候的赤城，讓人忍不住想仰賴他。

「小山和平戶的關係好嗎？」

「我想沒有問題，問題還是在大越身上。」

「發生了什麼事嗎？」

「聽說平戶不在，大越的研究就沒有進展，論文幾乎都是平戶在寫，用大越的名字發表。平戶一直忙著做研究，所以常因為看了輕症患者而挨大越的罵，說這種患者交給別人就行了。」

「妳是說，武藤嘉和也是遇到這種狀況？」

「答對了。有一個護士聽到他說，流感患者交給實習醫師就好。」

「小山的評價如何？」

「他是個很認真的實習醫師，認真到不行。你應該知道，外縣市的人考進東京的醫大代表了什麼吧？是菁英呀！自尊心也很強，為了維護他的自尊心，他拚命努力，可是就像我之前說的，兼差很忙，所以常出錯。」

「必須在其他醫院兼差值夜班，認真的實習醫師啊……」

赤城忽然露出悲傷的神情。

「被達川吩咐去拿病歷的那個護士說她很確定……」

「什麼事？」

「那個時候，病歷上沒有TEN也沒有SJS這些文字，可是到了民事法庭上，病歷上卻寫了SJS。」

赤城點點頭：「一定是病歷被竄改了，可是這也沒有刑責可罰。」

「但終究是醫生們對患者見死不救。」

「誤診也不能提刑事告訴。」

「什麼跟什麼嘛！聽你說得簡直是一點都不想贏了似的，你還是要當喪家犬？」

「我剛才說的是民事法庭的結論，但是就如同妳說的，是這些醫生對武藤嘉和見死不救，把所有要素一個個分開來看，都不算犯罪，但是全盤考慮之下，終究是難以原諒的過失。」

百合根覺得赤城的話很可靠，武藤嘉和的確是因為醫院處理不善而死的，然而要在法律上證明很困難。

百合根對赤城說：「小山勸被害者的太太提起刑事告訴不知道是基於什麼理由喔？」

知美看著百合根：「小山勸人家提起刑事告訴？」

「是的。」

赤城略加思索後說：「這個應該要問本人。」

「可是，他們的律師不會讓他開口的。」

「申請強制處分就行了。」

「我們沒有這麼多證據啊！」

「放心，我們會贏的。聽了她剛才的話，我有把握。」

百合根吃了一驚，城間知美的話只不過是幫忙確認目前已知的情報而已，他看不出哪裡有新的事實。

然而，赤城卻掌握到了。

是只有醫生才知道的點嗎？

「城城，」知美說，「不是只有我站在你這邊，我是我們全體護士的代表。京和大學醫院的醫師才不是真正的醫生。」

「不是真正的醫生……」赤城的表情又顯得悲哀，「努力想當真正的醫生就會發生悲劇，也許這個案子就是寫照。」

百合根無法理解這句話的含意。

一離開城間知美的公寓，百合根就對赤城說：「你有把握我們可以執行強制處分？」

「有。」

「那是只有醫生才懂的點嗎？」

「對，但不是專業醫學知識。」

「怎麼說？」

「等我們回到品川署，我會向大家說明，我想大家一定會同意的。」

只能靠赤城了，百合根這麼想。

＊

一回到品川署，赤城便開始說明。

百合根對赤城的提議吃了一驚，刑警們最初也反對。

但是，聽了赤城的說明，漸漸地，百合根也開始鬆動了，然後和赤城一起加入說服的行列。赤城說明完後是一長串的討論，結束時，這些刑警全都恢復原有的霸氣了。

「沒想到要出這招，」壕元說，「不過，就算行不通也沒損失。」

菊川慎重其事地與市川小聲討論到最後。

終於，市川說：「好，先決要件是逮人，來申請逮捕令吧。」

16

百合根心情焦灼地等著市川回來，他去向法院申請逮捕令和搜索令。令狀會不會批核，是一場賭注。他們將赤城向大家說明的內容整理成一份文件，附在聲請書上作為附加資料，但法官會不會同意，機率大概是一半一半。菊川也顯得很焦躁，壕元懶散地坐在椅子上，但顯然也著急。

赤城似乎胸有成竹，雙手交叉架在胸前，翠則是戴著耳機聽MD，山吹宛如坐禪般背挺得筆直，動也不動，黑崎則是坐得穩穩的，青山一臉愛睏的樣子，望著房間一角雜亂地堆著紙箱，裡面是成綑的傳單和一些文件，大概是那裡的雜亂能讓他安心吧。

市川出去已經好長一段時間了。一定是爭執不下吧，百合根心想。要是令狀核不過，調查就等於打回原點。

又過了一小時，百合根他們連中餐都忘了吃。下午四點多，市川回來了，神情嚴肅。

終究還是不行……嗎？

百合根看到他那副面孔，頓時這麼想，但不敢問。

菊川說出了所有人的心聲：「臉色真難看，沒過嗎？」

市川看了看菊川，然後掃視在場所有人，緩緩地把手伸進內口袋，取出摺成細長條狀的紙。

「尚方寶劍來了。」市川得意地笑了。

「搞什麼啊……」菊川說，「那你進來時臉色就別這麼難看啊！」

「在窗口扯不清，被法官叫進去口頭質詢，搞得我一個頭兩個大，你也替我想想啊！」

壕元站起來：「別再磨咕了，這就直搗醫院吧！」

百合根朝赤城看，兩人眼睛一對上，赤城便微微一點頭，站起來。

＊

他們全體一同前往京和大學醫院，一共九人。雖然陣仗浩大，但已經來到最後關頭了，沒有一個人說要留在署裡。

一進醫院大廳，患者就向他們投以訝異的眼神。

櫃台裡的職員也和大廳裡的患者一樣，瞬間停止手上的作業，望著這群步步逼近的警察。

市川對櫃台的職員說：「我們要找平戶醫師和小山醫師。」

女職員伸手拿起內線電話，說：「請稍等。」

接下來會發生什麼事大致想像得到，且一如百合根預料，朝他們走來的，既不是平戶也不是小山，而是律師坂卷。

「這是在鬧什麼？」坂卷鄙夷地對百合根他們說，「這麼一大群人闖進來。」

菊川率先開口道：「我說過，我們會再來的。」

「我也說過，若你們再進醫院，就要告你們非法侵入。」

「你休想再說這種話了。」

菊川一這麼說，市川便默契絕佳地出示了搜索令。

坂卷揚起一邊的眉毛，右手食指將眼鏡一推，伸出手來。他拿到搜索令後，便一直打量，恐怕不是在看內容，而是假借看搜索令，思考如何因應。

終於，坂卷將搜索令還給市川，說：

「我希望盡可能不要引起騷動，你們有什麼要求，請說吧。」

菊川如猛犬般低吼：「現在已經不是來談條件，這是強制搜查。我是很想叫你閃邊去，但是我們也不想把事情鬧大。我在櫃台說過了，我們有話要問平戶和小山。」

坂卷思考了一下：「好吧，但條件是，我也要同席。」

「你想在場就待著吧，請安排一個能夠安靜說話的地方。」

坂卷到櫃台去，向女職員說了什麼，再回到百合根他們這裡，說：

「可以使用七樓的 conference room，這邊請。」

「平戶和小山呢？」

「馬上就會要他們到七樓。」

百合根他們一行九人浩浩蕩蕩地前往七樓。坂卷所謂的 conference room 即為小會議室，但比品川署裡百合根他們使用的房間舒適多了。房間中央有個氣派的橢圓形會議桌，有一面牆是螢幕，桌上還附有插座，應該是為了筆電而設置的吧，椅子是柔軟的皮椅，坐起來很舒服，和警署裡的鐵椅大不相同。

警方占了面對出口的位置，算是上位。ST五人坐在旁邊，百合根和赤城比鄰而坐，赤城在他右邊，再過去是山吹，接著是翠，旁邊是黑崎，青山坐在最邊邊；百合根的左邊是菊川，菊川的旁邊是市川，最靠邊的是壕元。

九人一語不發，等候醫生們。等了超過十五分鐘，平戶、小山、坂卷三人才總算出現，大概是坂卷再次叮嚀兩人不准多話吧。三人隔著會議桌，在對面坐下。從百合根的位子看過去，最右邊是坂卷，中間是平戶，左邊是小山。

「總算能好好談談了。」菊川說。

平戶和小山看來都顯得相當沉著。平戶看著赤城，眼睛一對上，就撇開視線，看來是對赤城感到內疚，應該不只是為了實習時代的事吧，百合根猜想，這次的案子，他一定也覺得沒有臉面對赤城。

「針對武藤嘉和先生之死，其配偶提出告訴，我們因此展開調查。」市川語氣平穩地說。

這時候，門猛地開了。

「這是在幹什麼？」出現在門口的是大越，開著門，大剌剌地站在那裡。

「辦案。」市川平靜地回他。

大越妄尊自大地說：「有話找坂卷就行了，平戶和小山都回去工作。」

「那可不行。」市川說，「今天要好好談談，我們帶搜索令來了。」

「搜索令？你們要搜索哪裡就去，不准拘留醫師。平戶，小山，走了。」

兩人準備站起來。

菊川斷然說：「坐下。」

平戶和小山一臉吃驚地再次坐下。

大越瞪著菊川：「這裡輪不到你囂張。」說得一副在醫院裡他最偉大的樣子。事實上，大越在這裡也形同君王吧。「平戶和小山只聽我的命令，警方沒有把他們留在這裡的權限。」

市川出示了那依舊摺得細細長長的紙：「這裡有逮捕令，要請他們到警署再問話也是可以，但我們接受坂卷先生的提議，希望盡可能不要引起騷動，所以才在醫院裡談。」

大越臉色大變：「逮捕令？怎麼可能！一定是在唬人。」

「如果是就好了。」壕元以諷刺的語氣說。青山說的沒錯，他的目標已經從百合根轉移到醫院的醫生和律師身上了。

大越站在門口，看來難以決定該以什麼態度面對。最後他用力關上門，大步走到房間中央，掃視一群人之後，一屁股坐下來。

「反正還不是些芝麻小事，就趕快開始吧。」大越雙手交叉在胸前說。

市川看著赤城向他點頭。

赤城開始說：「首先，由於民眾提出告訴，我們便針對醫院的過失進行調查。」

這時候，大越好像才發現赤城的存在般說：「你竟然忘恩負義，要與我們為敵？」

「我沒有忘恩負義，這是我的工作。」

「哼！從醫院逃出去還敢說。」

「抱歉，」坂卷對大越說，「這位先生過去與醫院有關嗎？」

「他在這裡當過實習醫師，後來改走法醫。」

坂卷顯得有些見獵心喜，「您說逃出醫院，是過去發生了什麼事嗎？」

「就像我說的，這傢伙犯了重大的過失，從這家醫院逃走了。」

「這就有問題了。就調查這件刑案的人員而言，算是不適任吧？」

「我們尊重他身為專家的意見。」市川說，「他對這家醫院的背景也十分了解，是非常適任的人材。」

「可是呢……」坂卷還想開口的時候，平戶打斷了他：「他是一個值得信任的人，應該會做出公正的判斷。」

坂卷不悅地看著平戶，一定是覺得被自己人捅了一刀。

「而且，」平戶垂著眼說，「教授剛才提到過去的事，和事實有點出入。」

「我們不是為了談那些而來的。」赤城說，「事到如今，過去的事怎麼樣都無所謂，問題是現在這家醫院在做些什麼。我們針對有無過失這一點，首先思考患者武藤嘉和被救護車送到醫院當晚的事。」

「民事法庭上已經討論過了。」坂卷說。

赤城不理他，繼續說：「武藤嘉和的症狀明顯是重症。而武藤嘉和在門診時的主治醫師是平戶，一接到值班醫師的聯絡，理應趕到醫院。然而，我們由種種情報判斷，認為平戶當晚不在醫院。」

「並沒有規定說主治醫師接到值班醫師的電話，就一定要半夜趕來。」坂卷說，「也許總是由主治醫師來為患者看診是最理想的，但有時候狀況不允許，這在法律上不構成問題。」

赤城看著平戶繼續說：「而且，我們從筆跡鑑定和相關人士的作證，認為病歷經過竄改。」

「沒有竄改病歷的事實，這是無法證明的。」坂卷說，「而且，就算真的有竄改好了，醫事法也沒有定出罰則。」

赤城終於看向坂卷了：「這我知道。」

「既然知道，那現在還拿出來吵，根本就莫名其妙。」

「問題是，患者若接受適當處置，原本不應該死的，現在卻死了。」

「這太模糊了，法律上光是這麼說是行不通的。聽清楚了，患者被救護車送來的那一晚，醫院裡有持有醫師執照的值班醫師，也做了必要的檢查與處置，但是人力無法回天，患者死亡了，醫師沒有辦法拯救所有患者的性命，雖然很遺憾，但不是每一個救護車送進來的患者都能救回一命。你也在這家醫院實習過吧？既然如此，我想這一點你應該能充分理解才對。」

赤城看著平戶：「值班的實習醫師是達川沒錯吧？」

平戶痛苦地回答：「沒錯。」

「二月八日深夜，正確地說是九日凌晨，你接到值班醫師的聯絡，這是事實吧？」

「是的。」

「當時，你對值班醫師下了什麼指示？」

「沒有必要回答。」坂卷劈頭就說。

平戶看了看坂卷，然後又看了大越。

「坂卷說的沒錯，不必回答。」大越說。

平戶沉默了一下，抬起眼來看了赤城後，他說：「我不記得。」

「意思是，你不記得你下了什麼指示嗎？」

「不是的，我不記得患者，我的記憶裡沒有。我想，恐怕是小山代替我診療的患者，所以我就指示他聯絡小山。」

「不要再說了。」坂卷說，「不要做這種不審慎的發言。」

平戶說：「讓一切結束吧，我累了。」

聽到這幾句話，大越氣得臉都紅了。

「你胡說些什麼！醫院沒有錯！坂卷會證明的！」

「是的，把一切交給我。」

然而，平戶搖頭：「不，不能交給你，這是醫生的問題。」

「你再多說一句話，就沒有將來！」大越恫嚇他。但平戶沒有退縮：

「無論如何，我的將來都已經到此為止了，以前我會認為跟著你將來就會有保障，是我太愚蠢了。也許跟著你將來的確有可能成為學者和大學教授，但是，為了這些而疏忽了對患者的診療，才會導致這種事情發生。」

大越對坂卷說：「別讓他開口，這場鬧劇已經結束了。好了，回去工作。」

「我話還沒說完。」赤城對大越說，「對，就像平戶說的，會發生這樣的事，都是因為你把論文推給平戶，要他不必用心看診。」

「大學醫院的教授和講師除了治療，還有從事最先進醫療研究的責任。」

「連一個流感患者都救不了，還談什麼最先進的醫療。」

「得重病的人多的是，拿癌症和流感來比，哪一個比較重要，隨便問一個人都知道吧。」

「你眼裡果然沒有患者。」

平戶打斷兩個人的爭辯：「那天晚上，我確實沒有趕來醫院，而是讓小山全權處理，隔天早上照常上班。這段期間，患者一直處於危險狀態。」

「生命跡象很穩定。」大越說，「這一點，在醫事委員會和民事法庭裡都確認過了。」

「很難說是穩定，應該是介於兩者之間。到了早上，患者無法自行呼吸，於是進行氣切插管，但已經陷入呼吸衰竭，太遲了。在民事法庭上，的確種種問題都鑽過了法律漏洞，但為此竄改病歷、對護士和其他職員下封口令、被迫要做偽證……」

「平戶醫師，」坂卷的臉色鐵青，「你想毀掉這家醫院嗎？」

「既然錯誤的制度和組織橫行，不如破壞重建的好。」

此時，大越的臉色已漲得通紅，因為太過憤怒，連話都說不出來了。

平戶看著赤城說：「其實，更早之前，我去警署找你的時候，就想向你坦白了。就算鑽過了法律漏洞，也不代表那是對的，我沒有盡到主治醫師的責任，值班醫師打電話來時，我連負責的患者姓名和病情都想不起來，還在患者死後才在病歷上寫了SJS，想要偽裝成已下了診斷患者卻不敵病魔而死的騙局，這樣的過失，無論再怎麼巧立名目編造藉口，都是逃不掉的。是的，這是身為醫師的過失，我承認我犯了業務過失。」

「豈有此理！」坂卷對刑警說，「他的精神狀態極度不安定，剛才的發言沒有法律依據。」

「你夠了沒，」赤城說，「他現在的精神狀態，是前所未有的正常。」

「請您不要擔心。」坂卷對大越說，「就算他被逮捕，我也會設法處理。」

「我什麼都不知道，一切都是平戶的責任。」大越說。

「這是斷尾求生嗎？」赤城說。

「你說什麼！」大越厲聲反駁赤城，「我什麼都不知道！」

「有護士聽到你對平戶下指示，要求他將流感患者交給實習醫師處理。」

「哼！護士不可能在法庭上作證。」

「在你施壓的期間當然不會，等你失勢了，大家都會很樂意去作證的。」

「我才不會失勢。」

「醫局裡有兩個人被逮捕，你當然會被追究責任了。」

「兩個人？」大越瞪著赤城。

坂卷不安地看著警方。

市川點點頭：「我們帶來的這份逮捕令，其實不是平戶先生的。」

坂卷的眉頭出現了深深的皺紋：「不是平戶醫師的？」

「對。」市川說，「是針對小山省一的逮捕令，而且罪名不是業務過失致死，是傷害致死。」

坂卷的嘴巴鬆動，然後慢慢張了開來，但他似乎沒有察覺。

「我們本來是聲請謀殺的逮捕令，但法院不同意，所以才變成了傷害致死的逮捕令。」

好一會兒，都沒有半個人出聲。

警方是默默等候，讓對方有時間能充分感受到市川這番話所造成的衝擊。

坂卷和大越可能要花上不少間才能理解。

坂卷終於開口：「你們要以傷害致死罪逮捕小山醫師？」他聲音都啞了。

小山低著頭。

坂卷對市川說：「這究竟是怎麼回事？」

「我們沒有必要現在詳細告訴你。」

「我是律師，有必要確認罪狀和理由。」

「好吧，在這裡說一說也比較省事。」市川看著赤城。

赤城開始說：「每個人的注意力都集中在那一晚發生的事情，武藤嘉和被救護車送進醫院的那一晚。那天，平戶不在醫院確實是個問題。」

「所以，我承認過失。」平戶說，「責任在我身上，小山沒有任何責任。」

「問題不是那天晚上。」

聽赤城這麼說，平戶訝異地回問：「不是那天晚上？」

「對，問題出在武藤嘉和接受診察的時候，二月五日和八日的白天。武藤嘉和在內科就診時，最先診察的，平戶，是你吧。」

「是的。」

「然後，你被大越教授找出去，於是由小山代替你看診。」

「在這一點上，醫院沒有過失。」坂卷說，「實習醫師也必須累積經驗。」

坂卷還在試圖抵抗，然而聽起來不過是垂死掙扎。

赤城對坂卷說：「我們沒有在這事上做文章，問題是，小山故意隱瞞了武藤嘉和的SJS。」

「怎麼可能！」平戶說，「只是沒看出來而已吧？」

「不，他在複診時就發現了。」

「你有什麼證據？」坂卷逼問般身子往前探，「你能證明嗎？」

「口腔和咽喉出現水泡，還有臉部等處也發疹，這都是服用抗生素和解熱消炎藥後產生的。小山知道患者對藥物過敏，當然會懷疑是SJS。」

「病歷上怎麼寫？」大越問平戶。

「口內炎和發疹。」

「在這個階段，如果認真看了病歷，應該會懷疑是SJS吧。」赤城冷冷地說，「這一點也可以算是過失，然而問題在於小山明知是SJS，卻為了掩蓋，而在病歷上寫了口內炎。」

「那是他不夠用功，沒看出SJS的症狀，只是這樣而已。」大越說。

赤城又說：「當天，若要安排患者到皮膚科診察，應該是辦得到的，平戶曾這麼說過，但是小山卻故意預約了兩天後的門診，想必是料到這段期間SJS將會惡化。」

「你憑什麼可以如此斷言？」坂卷說。

「因為他勸武藤嘉和的家屬提出刑事告訴。」

一時之間，坂卷和大越不解地看著赤城，坂卷接著將視線移到小山身上，小山還是低著頭。

「怎麼可能會有這種事……」坂卷顯得相當混亂。大越和平戶一言不發。

赤城說：「小山勸家屬提起民事的醫療訴訟，但是民事法庭認為醫院沒有過失。儘管如此，他還是勸家屬提起刑事告訴，因為他有十足的把握，院方有重大過失。」

坂卷默不作聲，想必是正在拚命思考要怎麼反擊吧。

赤城繼續說明：「他當然有把握，因為事情是小山本人故意做出來的。律師先生，就像你說的，誤診和沒有看出症狀，無法視為業務過失，但故意不指出重大症狀，可不是過失就算了。」

坂卷赫然抬頭，然後彷彿發現到這是個錯誤，立刻又垂下眼睛。

赤城說：「是的，小山明知沒有立即進行適當處置患者會有生命危險，卻採取了相反的行動，換句話說是未必故意，我認為該當殺人罪，但法院只願意發出傷害致死的逮捕令。」

坂卷抬起頭來，顯然正拚命整理思路。

「你不能證明，你所說的全都是推測，你若是拿那張逮捕令進行逮捕，那就是不當逮捕。」

赤城平靜地說：「我們的確缺乏物證，但我認為他本人會自白，因為如果不這麼做，他就無法達成目的。」

「目的？什麼目的？」坂卷瞪著赤城說。

赤城回答：「向社會大眾舉發這家醫院的實情。」

坂卷哼地嗤笑一聲，看樣子是在剎那間找回了自信。

平戶痛苦地看著小山，大越則是一臉厭煩。

坂卷說：「他才不可能承認這種事，是不是呢，小山醫師。」

小山依舊低著頭。

「勸家屬提出刑事告訴這件事……」大越說到這裡，停下來想該怎麼說，也許是發現赤城所說的情節重大。

「我會設法擺平的。」彷彿要把碎成片的自信收集起來似的，坂卷說，「這些調查不可能獲得認可，就算逮捕了我方醫師，在法庭上也很難站得住腳，不，連要起訴都很難。」

大越爆發了：「開不開庭、起不起訴都不重要！問題是有人被逮捕了！」

坂卷試圖安撫大越：「我知道，您先不要激動。」

「你們當這是什麼……」大越渾身發抖，垂著眼，視線慌亂閃爍。

「你們把大學醫院當什麼？這可不是路邊的小診所，這可是必須面對全球醫學界的醫療機構。」

「在面對全世界之前，應該先正視眼前的患者才對吧？」

說這句話的是小山，所有人的視線頓時集中在他身上。

小山緩緩抬起頭來，他的臉上浮現了可說是無所畏懼的笑容。他看著赤城說：「你說的一點也沒錯，虧你看得出來。」

「當然看得出來，」赤城盯著小山說，「因為我也是醫生。」

「複診時我就發現是SJS。最近的新聞也報導過因吃了市售感冒成藥而引發SJS致死的例子。我是內科醫師，不可能不關心。一發現是SJS，我就想要做個測試，我想不如來試試這家醫院是不是正常運作，於是我故意在病歷上寫了口內炎和發疹，我認為如果有人複核過病歷，當然會懷疑是SJS。」

「我很信賴你。」平戶說，「如果你報告了，我一定會妥善處置。」

「複核病歷是老師的責任啊，但是老師卻把患者全權交給我。對，皮膚科的門診預約在兩天後，也是故意的，要是我的病歷有真的被複核過，應該馬上就會叫患者住院才對。」

「愚蠢的東西！」大越一臉怒氣地說，「要是你因為傷害致死被逮捕，京和大學醫院就成了媒體最好的獵物了。」

「看吧，教授到現在還只顧那些，對於武藤先生的死，根本不放在心上，我想讓社會大眾知道這樣的實情，所以才勸家屬提起醫療訴訟，刑事告訴是最後的手段。」

赤城問：「訴訟的事你從一開始就計畫好了？」

「不是，一直到最後，我都希望有人能救武藤先生，他被救護車送進來的時候，我期待著這家醫院會傾全力救他。可是那天晚上，處理武藤先生的就只有我們兩名實習醫師，是在那個時候，我決定要告發。」

「為什麼非要致患者於死地不可？」菊川懊惱地說，「要向社會大眾告發醫院的實情，應該還有別的辦法吧？」

「如果是一點小事，這家醫院是不會變的，這家醫院不變，就代表全日本的大學醫院都不會變，我只能豁出去了。」

市川問：「一開始見到我們時，你卻裝成什麼都不知道的樣子。」

「在那個階段，如果你們知道我是故意致患者於死，就會像他所說的，院方會斷尾求生，然後事情就這麼結束。我希望藉由警方的揭露，曝露出醫院的實情。」

「所以，你才拖延時間？」

「沒錯。」

「我不懂，」平戶鐵青著臉說，「你為什麼要這麼做？不惜拋棄自己將來的一切。」

「平戶老師剛才不是說了嗎？已經累了，想結束了，反正我是沒有什麼了不起的將來。對，我就像個自殺炸彈客。」

「你可是殺了一名患者。」赤城平靜地說。語氣雖然平靜，聲音裡卻包含了巨大的憤怒，「不管你再怎麼說，都不能原諒。」

「是醫院這個體系不好，逼得我非這麼做不可。」

「別鬧了！一個醫生故意殺害患者，沒有比這更罪惡深重，你是最差勁的人渣。」

赤城突然站起來走出會議室，他離開後，室內一片沉默。

17

百合根找到了佇立在走廊上的赤城，走過去叫他：「我們已經將平戶與小山羈押了。」

赤城仍是側面對著百合根。

「抱歉，我要是繼續待在那裡，恐怕會殺了小山。」

百合根頭一次看見赤城這麼生氣。

「這個案子，媒體一定會炒得沸沸揚揚，大越教授也會因此失勢吧。」

赤城悲傷地說：「無所謂。」

「你不是對城間小姐說，要和大越打一仗嗎？」

「我沒有那個意思，是為了讓城間答應才那麼說。」

「你不恨大越教授？」

「我不恨他，我想他也是用他的方式，全心全意為大學盡力。」

百合根點點頭：「我要回署裡了。」

赤城什麼都沒說，盯著牆壁看，正當百合根要提起腳步時，他才開口：

「大家都是懷著理想立志為醫，可是努力追求那個理想，卻導致這種事發生，這一切究竟是為什麼呢？」

百合根無法回答，將赤城留在原地，逕自走向電梯。

*

果不其然，媒體大為騷動。

大學醫院的醜聞，一如大越教授所說，是媒體最愛的獵物，而報章雜誌、電視廣播，都報導了大越主任教授職位被解聘的事。

百合根等人則是忙著辦理送檢的手續，他們必須準備的文件多得像座高山，赤城和山吹也幫忙製作文件。

ST的其他三人沒有什麼事要做，卻都陪著赤城，令人驚訝的是，連青山都一起留到深夜。

文件完成，案子終於完全從百合根他們手上送出去，這已是小山、平戶被捕的第三天。

「由衷感謝各位的協助。」市川說，「如果沒有ST的各位，這個案子是破不了的。」

平常ST都被刑警嫌礙事，聽到這樣的話，百合根感到萬分惶恐。

「警部大人，我實在太佩服了。」壕元說，「沒想到最後竟然能用傷害致死定罪。」

一時之間，百合根以為他是出言諷刺，但似乎不是如此，看來他終於把百合根和ST當自己人了，他真是個徹底的實績主義者。

菊川對壕元說：「你啊，是該好好想想了，看是要結婚搬出宿舍，還是要參加升級考也好。」

壕元苦笑：「討老婆的希望渺茫，我會努力參加升級考。」

菊川對市川與壕元兩人說：「那麼，我們這就回去了，也許以後還會再見面吧。」

「先別急著走啊。」市川說，「就這樣說再見，也未免太傷感了，一起吃個晚飯再走吧？」

菊川看著百合根問：「警部大人，你說呢？」

「走吧。」百合根說，「ST也一道去。」

說完他往組員們看，看來大家都沒有異議。

「去我常去喝酒的地方可以嗎？」

市川這麼問，菊川說：「ST的各位，如何？可以嗎？」

翠回答：「喝酒？好極了！我要痛快喝一場。」

百合根雖然累極了，情緒卻莫名高昂，完成送檢手續時，經常都是這種

覺。

然而，赤城卻仍然一臉消沉。也難怪，這不是個令人大快人心的案子，對赤城而言，感觸定然更多。

一走出警署，市川便領頭走在前面。

百合根為了把一件心裡想了很久的事告訴赤城，走在他旁邊對他說：

「那天，你在醫院裡說過……」

赤城心事重重地回答：「什麼？」

「就是關於醫生的理想。」

「那又怎麼了，頭兒？」

「理想與現實之間，永遠都會有差距，從來不會一致，壕元也是深受其苦，我自己也一樣。」

「所以呢？」

「我是說，這不光是醫生的問題，過度追求理想，誰都會出問題，被現

實吞噬也就難免會鬱憤難平。我現在認為重要的是，要認清理想與現實之間，自己究竟是站在哪個位子上。」

赤城沉默片刻，然後小聲說：「我知道，這我知道，頭兒。」

就這樣，赤城就不打算再開口了。

在市川帶路下，他們正要轉入小巷時，後面有人叫：「城城——！」

一回頭，包括城間知美在內的三名女子正朝這邊揮手，大概是京和大學醫院的護理師吧。

百合根簡短向市川和菊川說那是城間。

「你成功了呢，城城。」知美說。

多虧有妳的協助。」

酒，要不要一起來？」

遜。

係，」翠說，「你就去吧。」

下次吧，我正要跟他們去喝呢。」